KB112493

방촌
문학

방촌문학 제3집

초판 1쇄   2019년 2월 1일

지은이   고옥귀, 유윤수, 박종학, 원연희, 최상만, 최점희, 김호동
펴낸이   고옥귀
펴낸곳   방촌문학사
출판등록   2015. 9. 16(제419-2015-000015호)
주소   강원도 원주시 소초면 교항공산길 21-10
전화번호   033-732-2638
이메일   dhdpsm@hanmail.net

편집   최상만
디자인   (주)북랩 김민하
제작처   (주)북랩 www.book.co.kr

ISBN   979-11-891360-2-4 04810(종이책)   979-11-891360-3-1 05810(전자책)
       979-11-956531-6-4 04810(세트)

잘못된 책은 구입한 곳에서 교환해 드립니다.
이 책은 저작권법에 따라 보호받는 저작물이므로 무단 전재와 복제를 금합니다.

이 도서의 국립중앙도서관 출판예정도서목록(CIP)은 서지정보유통지원시스템 홈페이지(http://seoji.nl.go.
kr)와 국가자료공동목록시스템(http://www.nl.go.kr/kolisnet)에서 이용하실 수 있습니다.
(CIP제어번호 : CIP2019001000)

방촌문학

제3집
문학과현실작가회

방촌문학사

바람이 분다
그래도 살아봐야겠다

아주 오래전에 읽었던 시구이다. 누구의 시인지는 생각나지 않는다. 그렇다. 바람이 불어도 살아 보려고 몸부림치는 것이 시인이고, 작가가 아닐까. 요즘 시는 시인데, 시인의 삶은 시가 아닌 경우를 종종 본다. 삶은 작품과는 동떨어져 있다고, 작품은 작품일 뿐이라고 내버려 두어도 되는가. 시는 도덕적인데, 시인은 그러지 않아도 되는 것인가.

지난해는 방촌문학이라는 배를 띄우지 못했다. 문학도 이런저런 일에 아파하기 마련이다. 문학도 배가 고프다. 문학도 감기에 걸린다. 몸살을 알아야 작품이 된다. 그것이 성장통일 수도 있다. 아픈 만큼 성숙해지는 것이라고 했다.

시집 한 권 팔리지 않고, 반품되는 세상에서 누구를 탓해야 하는가. 강연에서 청중이 졸면 그건 강사 탓이라고 한다. 청중이 존다면 강연 방법에 문제가 있던지, 강연 내용 선택을 잘못했던지 강연에 문제가 있는 것이 아닐까. 시가 읽히지 않는다면 그건 시인의 잘못이다. 독자가 멀어지게끔 작품을 쓴 것을 아닐까. 시답지 않는 시를 써 놓고, 시라고 우긴 것은 아닐까. 작품에 혼이 담기지 않았는지 고민해봐야 하지 않을까. 시대만을 탓할 수는 없다. 영상 시대에 맞게 다가가야 할 것이다. 그렇게 고민해야 할 것이다. 그냥 써 놓고 던져 놓으면 활자가 살아서 독자에게 가지는 않는다.

또한 시가 그들만의 리그가 되어서는 안 된다. 개인적인 상징에 머물러 해석이 필요한 시를 과연 시라고 할 수 있을까. 그것을 독자의 수준이라고 탓만 해야 하는 것일까. 여전히 바람은 분다. 과거에는 시대적 바람이 불었다. 전쟁과 가난, 산업시대와 개발 등 그때도 시린 바람이 불었다. 지금도 마찬가지다. 영상 시대의 과학 매체의 바람이 분다. 사람들은 휴대전화를 손에서 놓지 못한다. 그것이 지금의 문화의 바람이다. 그런 문화 콘텐츠를 읽지 못하면 시도, 수필도, 소설도 몇몇 시인, 수필가, 소설가에게만 돌려주어야 한다.

우리나라 서점을 도배하는 몇몇 시인, 몇몇 작가들, 그들만이 우리나라의 작가가 되어서는 안 된다. 바람 앞에 견디는 수많은 시인들이 잠을 이루지 못하고 있다. 그 영혼의 울림은 우리는 인식해야 한다.

함께 읽고, 함께 나누며, 한 사람 한 사람의 마음에 깃드는 작품을 쓰도록 해야 한다. 울림이 없는 글은 글이라 할 수 있겠는가. 시대가 원하면 시대에 맞게 매체를 활용하도록 하자. 음악과 영상과 시가 만나도록 하자. 그것만이 우리의 작품이 책이라는 감옥에서 벗어나 독자들의 눈과 입을 오가며 살아 움직일 것이다.

또 하나의 미완의 순수를 떠나보낸다. 어디선가 표류하다 가라앉을 운명을 맞더라도 후회는 하지 말자. 운명이 다한 작품들도 절망과 아픔을 견디다 보면 좀더 성숙해질 것을 믿는다.

2019. 1. 31
문학과현실작가회

차례

다시 태어날 꿈이나 꾸자

고옥귀
시인, 소설가

부산 혜화여자고등학교 졸업
부산 춘해간호대학 중퇴
《문학과 현실》 시 부문 등단
한국문인협회 회원

저서

장편소설 _
『구름으로 걷는 아이』(1988)
『용수골 나팔수』(2014)
『북촌로 향기』(2016)
『고래가 되어』(2018)

시집 _
『사랑보다 달았던 것』(2010)
『작은 동네』(2014)

갈대

꽃대 끝에서 피어오른
너는
바람꽃이다

향기도 없이
빛깔도 없이
하얗게 흔들어대는 얼굴

바람이 불어오면
그
창백한 모습으로

춤을 춘다.
살랑살랑 춤을 춘다.
애처롭게

바람꽃 갈대야
홀로 피지 말아라.
외롭지 않게 무리를 지어 피어나

들녘 가득 채워라.
하이얀 꽃술이
춤추듯이.

2018. 9. 26.

강강술래

추석이다
달이 차오르면
식구들은 앞마당에 모여 서로 손잡고

강강술래를 한다.
사연 많은 할머니 사연도 깊어
강강술래가 목에서 걸린다.

연애하느라
달보다 더 예뻐진 손녀
강강술래를 외치는 목소리도 춤을 추듯 한다.

날마다 돈 타령만 하는 며느리
돈 없다고 시침 떼는 아들놈 옷자락 붙들고
목청껏 외치는 강강술래

올 추석에도
달님은 피곤하시리라
분주하게 쫓아다니며 소원 이루어 주시느라

강강술래

강강술래

강강술래

2018. 9. 25.

꿈

한 포기의 풀이라도 되어
다시
태어난다면

잠깐 스쳐가는 바람에도
손을 흔들어주는
사랑스러운 풀이 되리라.

한 떨기 이름 없는 꽃이라도 되어
다시
태어난다면

향기에 취해 걸음을 멈추어 준
사람들에게
꽃잎 하나 훈장처럼 달아 주리라.

풀도 아니고
꽃도 아닌
사람은

흘러간 세월이 뒤안길에서
추억만
머금는다.

지나가는 세월 돌아보며
모든 게
황홀했던 시간들이었네.

깨어질까 조심스러운
명화 같은
추억들이었네.

스크린처럼 지나가며
다시 돌아올 줄 모르는 세월
언제 그렇게나 많이 흘러갔었나.

아서라,
미련에 붙들리지 말고
다시 태어날 꿈이나 꾸자.

2018. 10. 27.

다시 시작되는 내일

조각 난 기억들을 주워 담기에도
짧은 시간

지나간 사람들은
세월처럼 다시 오지 않고

낯선 사람들 어깨에는
생소한 시간만 흐른다.

살아 숨 쉬는 동안에는
스치게 되고 만나게 되는 사람들

낯가리지 않고
친해지는 법도 배워야겠다.

다시
시작될 내일을 위해.

2018. 6. 23.

돌게장 이야기

여수가 고향은 아니지만
돌게장
갓김치는 향수를 자아낸다.

손자, 손녀를 극진히 사랑했던
할아버지께서도
돌게장, 갓김치는 인색하였다

식구들 밥상에는 물론
아이들 밥상에도 올리지 않았던 돌게장 갓김치

보다 못한
할머니가 시위에 나섰다
식구들과 손자, 손녀들을 불러 앉힌 밥상에

돌게장
갓김치를 올려놓고
할아버지 밥상에는 된장국과 깍두기 김치만 올려놓았다.

놀래서 눈이 휘둥그레진 할아버지가
웬일이냐고 소리도 지르기 전에
할머니 왈

우리 식구들 중에
영감만 입이 있소?
우리는 게장 다리를 씹다 말고
얼음이 되어버렸다

그러나 그날 아침에는 아무런
일도 일어나지 않았고

돌게장 다리만으로
식구들 모두가
밥 한 그릇을 뚝딱
해치웠다.

2018. 6. 19.

산

두 팔을 벌려도 안기지 않는
고목들이며
울창하게 우거진 숲

멀리서 바라보는
너는
영락없이 기세등등한 사내다

산아
우리
딱 한번만 사랑하자

너를 헤집고 들어설
설레임
너는 알까마는

속마음 털어놓고
위로받고 싶은 여심
아무에게도 들키지 말고

산아

우리

딱 한번만 사랑하자

2018. 9. 19.

수술대에 오르면서

한 마리의 개구리가 되어
벌거벗겨진 몸으로
침대에 눕는다.

의사들의 노련한 손놀림에
목숨을 맡기고
해부당하는 느낌이다

살려달라는 말
처절하도록 절박하게 외치며
기도를 한다.

언제 이렇게 간절한
기도를
해봤던가.

창조주께서도 다급함을 아셨던 모양이다
부름에 달려오신 듯
숨을 몰아쉰다.

생사를 가르는
촉박한 시간이
아홉 시간이나 되었고

눈을 뜬 순간
창조주께서는 할 일을 다 하신 듯
미소 진 얼굴로 떠나시더라.

그년
살아서 기도는 열심히 할
걱정도 하셨겠지

고맙습니다.
감사합니다.
그보다 더 적절한 기도는 없었다.

나 하나 살리겠다고
우리 아이들 정성이 뜨거웠고
의료진들의 열정이 있었고 그리고 하느님을 향한 기도가
있었기에

생명 하나
다시
태어났으니

짧게 남은 시간
기도로 보답하리라
하느님 감사합니다.

2018. 10. 27.

아들

다섯 손가락 깨물어
안 아픈 손가락 없듯이
미운 자식은 없다

머리가 커지고
덩치가 커지면서
생각이 많아졌는지

어릴 적 마음을
고스란히 애미에게
바치지 않는다고 해서

서운한 건 또 잠깐이다
세상살이 예전과 같지 않으니
아들놈도 살 궁리가 복잡도 하겠지

마루 끝에 걸터앉아

앞마당을 바라보니

어린 아들놈 모습 아련하기만 하다.

2018. 9. 26.

안개

초가을
들녘에서 깊어진 안개
잰걸음으로 사방으로 퍼진다.

반기는 사람 없어도
머물다 떠나는 안개
떠난 자리에서는 한 줌 흔적도 없다.

2018. 9. 26.

방촌
문학

어둠이 짙어오면

어둠이 짙어오면
어디로 갈까

별나라에 갈까
달나라에 갈까

아니
아니

별나라도 멀드라
달나라도 멀드라

시냇물 졸졸 흐르는
여기에 사노라면

해마다 민들레도 피고
제비꽃도 피겠지

2018. 8.

용순 씨의 사랑

천구백오십팔 년
용순 씨는 군에 입대했다.

식구들 입하나 줄여야 하는 게 큰 과제였던
가난한 살림
용순 씨는 배불리 먹을 수 있을 거라는
생각에 군에 입대했다.

첫 휴가 때였다
여수에서 출발한 금성호가
부산에 도착하기 전 반드시 통영 선창에
들러야 했던 금성호

첫 휴가를 끝내고 귀대하기 위해
금성호를 탄 용순 씨는
한 가닥의 해풍에도 감격스럽고 설레었다.

스물두 살 용순 씨는
멋지게 차려입은 군복에도 흡족했고
제대를 기다리며 기대하는 이 순간도
행복했다.

스물두 살 용순 씨는 감성이 풍부했고
사랑도 할 수 있는 나이였다.

금성호 난간에 서서 설레는 가슴으로
장래를 설계하고
용기를 내어서 군에 말뚝이라도
박을까 생각 중이었다.

그때 머리를 두 갈래로 땋아서
뒤로 넘긴 아가씨가 헐레벌떡
뛰어들어와서
용순 씨 앞에 섰다.

그리고
책 한 권을 휙 던지면서
오빠! 받어! 하고
소리쳤다.

용순 씨는 엉겁결에 책을 받았다.
책은 그 당시에
유행하고 잘 팔렸던
아리랑 잡지였다.

깜짝 놀란 용순 씨는
아가씨 뒤를 바로 쫓아온
헌병 한 사람을 보았다.

이등병 용순 씨에게는 하늘 같은 헌병이다.
아가씨는 뒤따라오는 헌병에게
자신에게도 동행인이 있다는 걸 알리기 위해
책을 던진 모양이다.

용순 씨는 책을 받으면서 자신도 모르게
책이 물에 빠지기라도 한다면 어쩌려고?
용순 씨가 할 수 있는 말은 그것뿐이었다.

헌병은 눈을 부라리며 "동생이냐?" 하고 물었고
용순 씨는 떨리는 소리였지만
힘껏 외쳤다.
"예! 제 여동생입니다."
다행히 두 사람 모두 말이 없었다.

그 후 용순 씨는
그 여자를 다시 만날 수는 없었다.
아리랑 책에는 주소도 이름도 적혀있지 않았다.

그리고 용순 씨는 몰랐다.
그 아가씨가 결핵으로 깊은 치료를
받고 있었다는 것을.

2018. 7. 7.

인생

그리웠던 사람도 가고
가슴 벽에 걸린 추억들도 희미해지는데
날마다 밝아오는 햇살은 저다지도 눈부실까

해를 맞이하며 살았던 세월도
짧지만은 않은데
한 번이라도 저 햇살의 고마움을 느낀 적은 있었던가.

황금빛 노을을 바라오면서
떠오르는 해를 맞이하는 게
짧아지고 있음을 알았다

그리움도 삭히고
추억도 낡아지는
내 인생의 노을이 저만치 있었다.

2018. 9. 26.

파도

강릉 해수욕장 모래사장
부드러운 모래를 밟고 섰노라면
파도는 밀려와 내 발목을 감는다.

바다를 삼키며 밀려오는 듯한 힘이다.
차갑고도
무섭다.

어디서부터 몰고 왔는지 모를
하이얀 파도는
내 발목에서 높아지고

토악질하듯 내뱉으며
다시
바다와 합류한다.

2018. 9. 26.

세월이 아픈 까닭이다

박종학
시인

1958년 충북 증평 출생
2007년 7월 월간 《모던포엠》 신인상
2007년 11월 월간 《모던포엠》 포커스
2009년 9월 《좋은 생각》 이 달의 작가

시집
『또다른 시선으로』(방촌문학, 2017)

공저
『그리움이 파도칠 때』(언어의 집, 2003)
『능선 거기쯤 피는 꽃』(대한출판사, 2004)
『헤적이는 강물에 내리는 노을』(대한출판사, 2005)
『이슬 속에 숨은 꽃』(모던포엠, 2008)
현 ㈜해드림 D&M 기술이사, 하모니카 강사

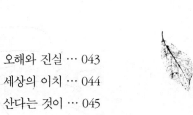

오해와 진실

희망의 날개를 달고
같은 방향으로 달리지만
마음대로 되지 않고
온갖 상념想念만 다가온다.
동상이몽同床異夢
쉽지 않은 동거
짧은 만남에
힘든 긴 여정
오해가 가로막고
진실이 안갯속을 헤맨다.
삶이라는 핑계로
오해와 진실이 동거한다.

세상의 이치

성공과 실패가 공존하는 혼돈
도사리*와 머드러기**가 있고
기쁨과 슬픔의
현실 속 양면
금수저로 태어나서 웃고
드나니***의 아픔으로 울고 있다
때로는 눈물이 앞을 가리는
허약한 슬픔이 스며온다
어쩔 수 없는
세상의 이치
청명한 가을이 오기 전
하늘과 태양이 이글거린다.

---

* 감·대추 등이 다 익지 못하고 도중에 떨어진 열매.
** 많이 있는 과일이나 생선 가운데서 크고 굵은 것.
*** 남의 집에 드나들며 고용살이하는 이

산다는 것이

서둘러 집을 나선다.
일상이 전쟁이다
행복하다는 느낌
불행하다는 생각
사랑하고 아파하고
오늘도 자신과의 싸움
세월이 간다.
치열한 삶이다.

열대야

찜통을 등에 업은 어둠에
배달의 민족은 더욱 신이 나고
별도 달도 포기한 폭염에
우아함이 아득한 무더운 밤
음악으로 지친 몸을
재충전하는 밤
어느새 감긴 눈 대신
마음의 감성이 실눈을 뜨고
열대야에
몸을 맡긴다.

시인

윤슬*이 춤을 추며
저녁놀과 작별하는 시냇물을 다독거린다.
헤어짐은 또 다른 만남을 기약한다고
밝음이 어둠을 힘겹게 막고 있다.
석양이 슬픔을 탓하고
끼어든 여우별의 사연에도 귀 기울인다.
아직도 세상을 의지하는 시인은
위태위태 자귀**를 따라간다.
시인의 옷을 조금 입다 보니
시나브로 진실의 실루엣이 보인다.
시인은 타고난다지만
가끔 만들어지기도 한다.

---

* 햇빛이나 달빛에 비치어 반짝이는 잔물결
** 짐승의 발자국

거울 앞에 서면

타인이 되고자
거울 앞에 섰던 적이 있다
후회의 연속인
가면 속의 모습
아픔과 고통의 터널 속에
힘들게 버티던 내가 보인다.
버리고 버리는 세월에
순응하다 보니
다시 보는 거울 속의
내가 편해 보인다.
세월의 배에 올라타
하나둘 욕심을 버린 탓인 듯

폭우

밤새 내리더니
이 아침엔 앞이 안 보인다.
이리 치이고 저리 치이고
물폭탄에 물배미도 없어져버린
하늘을 쳐다보는
농민들이 불쌍하다
빗물인지 눈물인지
우유와 신문이 호흡을 한다.
폭우도 살기 위해
몸부림치는 삶이다.

변하지 않는 건

살다 보면
아플 때가 있고
만남의 기쁨도
이별의 슬픔으로 다가올 때가 있다.
밤하늘별의 설렘도
저녁노을의 슬픔으로 이어진다.
아프면 변한다.
세월이 아픈 까닭이다.

인생의 선물

달고 시원함만 있으면
인생이 재미가 있을까?
때론 쓰고
때론 맵고
차가운 눈물보다
뜨거운 눈물이 있어야
존재 가치를
느낀다.
고통도 시련도
삶의 축복이다.

마음의 상처

고통의 상처는
가까운 사람에게 나온다.
나도 슬프고
그도 아플 것이다.
마음의 상처는
오래간다.
내게 상처를 준
그 사람이
유일한 위로
그에게는
내가
약이 될 뿐
마음이 울면
나도
그도 아프다.

몸이 아파보니

가까운 사람
미안한 사람
서운한 사람
다른 향기가 풍긴다.
내 모습이 보이고
네 마음이 비치고
세월을 뒤돌아보는
시간도 아파온다.
병상에 누워 있는
자유로운 유영
아픔도
소중한 경험이다.

세월

개나리가 화사함을 자랑하다
뒷걸음을 치고
벚꽃이 꽃의 여왕인 양
포즈를 취하더니
바닥에 싸움의 패배자마냥
널브러져 있다.
봄이 왔는지
봄이 갔는지
세월만 눈치챌 뿐이다.
불광천변 나무의자에
내 몸을 묶고 싶다.

내 안의 숨은 나

몸도 아파오고 마음도 외로운
인생의 고개를 넘다 보니
갈등 속에 숨어있는
또 다른 내가 보인다.
그동안 숨죽이며 살아온
마차를 멈추게 하고
내 안의 숨은 내가
진심으로 원하는 삶을
마음 편한 인생을 그리고 싶다
재물도 명예도 떠나간 시간
나 자신을 찾아가는
진솔한 여정을 떠나련다.
별과 꽃과 이야기하고
바다와 달과 지내고 싶다.

소나기

땅에 부딪히면서
절규한다.
신음에 고통을 더하면서
현실 속 인생을 배운다.
꿈과 욕심 속에서
헤매는 안갯속의 미래
절절함과 비통함으로
포장한 소나기의 절규를
이해하고 싶다.
예정된 삶이다.

심연深淵

공간 속에 시간이 더해져

나타난 나만의 실체

울부짖어도

외로움에 진저리쳐져도

그곳이 평화롭고

자유롭다

내 진실이 있고

거짓이 존재한다.

또 다른 내가

나를 사랑하는 곳

내 마음속의

심연深淵

가을

혼들리고 있는 갈대를 보니
시詩가 보이고
울고 있는 억새를 만나니
시詩가 다가오네.
가을을 타는 가을 남자는
흩날리는 은행잎에 눈물을 보이고
소리 없이 다가온 달빛은
처진 어깨를 다독거려준다.
떠나고 있다.
고독이….

불볕더위

숨도 쉬지 못할 더위
폭염이란다.
반갑지 않은 재난 경보 문자가 뜨고
아스팔트 위로 피어나는 아지랑이도
현기증을 느끼다.
모진 세월 견뎌온 공장에서 화재가 발생하고
달리는 고급 승용차에서도 불꽃이 일어난다.
아픔을 감춘 능소화는 변함없이 아름답고
석양으로 지는 해는 허허로운 빈자리로
조용히 스며든다.

포용하면 그래도 괜찮은 세상이다

유윤수
시인

경남 함양 안의 출생
《문학과 현실》 '콩깍지' 외 3편으로 시 등단
문학과현실작가회 부회장
오산문인협회 회원
한국문인협회 회원
현 ㈜경성 근무

시집
『너희들을 불러 모아놓고』(2012)

고향에서 보내는 추석

명절을 코앞에 두고 반가운 형제들과 상면한다.

어린 시절 냇가에 바위는 그대로 앉아있네

어디서 날아온 코스모스가 바위 틈새 옹기종기 피웠고

바위 위를 심 없이 흐르는 물소리는 종알댄다.

홀랑 매 감던 추억은 날씨가 허락하지 않아 덤벙 뛰어들 수야 없지만

천천히 수건으로 물을 적셔 샤워하다가 용기 내어 풍덩 담갔다.

하루 종일 햇볕에 달구어진 넓적한 바위에 배를 깔고 엎어본다

따끈한 바위가 고향 냄새를 뱃속 깊이 데워주니 마음도 고향이 좋아

고향에서 보내는 추석은 잊을 수 없어라.

호질虎叱*

백두대간 기슭에 전입시킨 다섯 살 숫놈 호랑이
살기 좋은 세상 아깝게 세상을 등졌다.
이왕이면 부부를 같이 헬기로 이송해야지
외롭게 덜커덩거리는 화물차에 태워서
장장 4시간을 고독을 씹게 한 탓일까.
공기 좋은 백두대간에서 일주일도 못 살고
남아있는 임은 어쩌라고 그냥 갔을꼬.
전문수의사도 코앞에 죽음이 올 것을 모른 채
그들의 자연생활을 위하여 무리하게 저지른 일
후회스럽고 개탄할 일 인간은 의료사고라고
네 가족 살려 달라 아우성 칠 텐데 남아있는
나한테는 사과 한마디 없어서 관람객 쳐다보면
속에 불통 터져 으앙 철조망을 짚어본다.

---

* 호랑이의 질타

방촌
문학

고마운 벌

고왔던 꽃잎이 하나둘 떨어져
앙상한 꽃대만 서 있어도
오직 벌 한 마리 그 꽃만 지킨다!
추억이 그립던 시절 많은 꿀을 주었고
사랑에 물로 익어버린 가족들
때로는 그 꽃을 져 버리고 싶을 때도
있으련만 네가 돌보지 않는다면
다른 사람은 버리고 말 것을
앙상한 꽃대를 생명이 다하는
그 시간까지 씻어주고 닦아주는 고마운 벌

엄마의 소원

냇가 얼음이 녹지 않았다
찬바람 가지 않는 이른 새벽에
엄마는 하얀 옷 차려입고 함지에
흰 쌀밥 바가지에 소복이 담아
머리에 이고서 아무도 없는
영동 할머니 산신님께
무슨 소원을 빌고 또 빌었을까?

소지 종이에 소원을 불사르고
남은 밥을 집으로 가져와 그 쌀밥과
나물 반찬으로 아침을 먹을 때
지금 생각하면 황홀한 마음이 든다.

이날을 위해 부두막에 한 줌씩 모은 쌀
쌀밥은 이때만 먹을 수 있었기에
엄마가 이렇게 정성을 다하여
마음과 육체적 열정으로 보살핀 흔적이
지금 내 몸속에서 고스란히 녹아있다.

나도 내 자식한테 이만한 열정을
쏟아붓고 있었는가?
정말 어렵게 자라온 시절 이 몸이 영광스럽다
뒤늦게 차려진 엄마의 심정을 알 수 있음이
생전에 효도하지 못함이 죄송하고 후회스럽다.

당신을 지키다

노동이란 또 다른 길을 찾아 두리번거리거나
혼자서는 가지 않는 것
지치고 고달프고 상처 입은 마음도 일선에서
흔적을 감추고 구멍 난 삶을 메우려고 아우성 치는 곳
아침이면 그대가 차려준 밥상을 바라보며 저녁이면
그대가 깔아준 이불을 덮고 나란히 어깨를 견주며
숨을 죽일 때 나는 하루의 막을 내린다
우리가 함께 가야 할 운명이란 것은 더불어 살아야 할 고통이란
걸 알면서 외척하고 배격했던가 사시사철 샘물이 솟지 않는 우물
이 있을지언정
나는 그 고통의 아픔도 참고 버티는 착한 양이 되어 그대 곁을
지키리라.

샴푸를 바르다

　막 군 제대를 하고 잠시 집에서 휴식을 보내려고 하던 차 서울에서 직장이 준비되었으니 올라오라고 한다.

　엄마가 약간에 여비를 챙겨준 돈으로 상경을 하여 군대 입대 전 다니던 직장에서 연락이 온 것이다.

　다행히 끈끈한 인연은 군 생활 25일 정기 휴가를 얻을 때마다 보름은 군인의 몸으로 생산직 노동을 해서 여비를 마련 10일은 부모님과 친구를 만나는 데 쓰곤 했다.

　그렇게 두 번을 회사 일을 했으니 나를 팽개치지는 않은 것이 제대 후에도 깊은 인연이 되어 지금도 기술직으로 남아 생계를 끌고 간다.

　하루는 회사에서 철야 작업이 있어서 기숙사에서 머리를 감을 일이 생겼다. 그 당시에는 나의 처지에는 화장품이나 세제로는 잘 몰랐다.

　그냥 세숫비누로 머리를 감고 털털 수건으로 말리면 끝인데 오늘은 왠지 옆 선배가 무엇인가 세수하고 들고 들어오는 병이 있어 은근슬쩍 몰래 발라보고 싶었다. 선배한테 허락도 없이 시퍼런 플라스틱병에 들은 액체를 두 손에 듬뿍 담아 세수한 얼굴에 손에 문질러 발라보니 기분이 좋았다. 그리고 옷을 갈아입고 서울거리를 쏘다니고 오후 늦게 회사에 들어왔다.

그냥 아무렇지도 않았다. 아니 약간 뻣뻣한 느낌은 있어도 화장품으로만 생각했다.

그런데 다음날 또 선배는 세수하러 가면서 그 병을 들고 간다.

그리고 그것을 머리에다 바르고 벅벅 문지르니 거품이 하얗게 일어났다.

참 난 무엇인가 그 세제가 화장품으로 오인하여 허락도 없이 훔쳐 발라 하루 종일 서울 바닥을 누벼 다녔으니 말이지 그래서 왜 물어보지도 않고 훔쳐 바른 죗값에 아무 얘기도 못 하고 혼자 웃고 말았다.

크리스마스

세상 돌아가는 것은
지구의 일력이요
세상 속에 사는 만물들의 행동은
따스한 공기가 운집을 내뱉는 감촉이다
그 감촉이 개인마다 달라 세상을 평하고
질하는데 모두가 위선만 내보이면 그렇게 보이고
포용하면 그래도 괜찮은 세상이다.
내 입김 속에 세상은 만들어 간다. 즐거운 크리스마스
가족과 연인과 좋은 추억 만들어 훈훈한 세상 속에
살아 봅시다.

대학의 길

두더지 생활 1년은 무에서 유를 찾는 대학의 길
학점을 이수코져 인터넷을 뒤집어 찾고 적어서
공부에 흔적을 제출하여 학점을 받는다.
잘했든 못했든 모두가 다 그렇게 학점을 획득하는 것.
초보운전은 앞만 바라보고 달려도 식은땀이 흐르듯이
대학 1년은 초보운전과 같다. 옆을 바라보면 문제를 이해한다
는 뜻
뒤를 바라보면 문제를 응용할 수 있음이고 이야기를 한다면
하위점수는 피할 수 있다는 사실을 2학년이 되고서야 알았다.
이제는 앞과 옆 속도까지 낼 수 있는 진정한 학업에 진입할 터.

방촌
문학

모르는 여생

엄마를 깊이 있게 생각할 때가 내 나이가 몇 살일까.

초등학교 중학교 군 생활 사회생활 결혼 후 돌아가시고 난 후

아니면 내가 엄마 행동을 한때를 회상해 보면 어디에 해당될까.

아직은 아닌 것 같으면서도 서서히 닮아 가는 것 같아

밤잠을 자다가 새벽에 일어나 더 이상 잠을 자지 않고 무엇을 할 때 아침 일찍 추운 날 요강을 방 우둘 막에 들려놓고 요강 위에서 소피를 다 보신 것 같은데 영 옷을 추켜올리지 않으실 때 이것이 늙어가는 자연적 반응인 것 같은데 이제 그러한 모습이 떠오르는 것은 또 무엇일까.

자식은 부모를 닮아 가는 걸까. 시대가 다르다고 해도 끝나는 시대는 같은 모습인가 자식한테 큰소리 못 하고 눈치를 볼 때가 기억에 남는데 그리고 그렇게 사시다 온갖 고생 속 알맹이를 하시다 돌아가셨는데

나도 그 또한 닮아 가는 것일까. 참삶의 미래는 나도 모르고 살고 있다.

일을 한다는 것

한해는 어김없이 가고 어김없이 오는 걸까.

매년 이맘때면 한해의 종무를 사원들과 어깨를 도닥이면

위로의 말을 전하는 오너의 마음을 쉽게 받아들이기 힘든 한해가 아닐까?

받는 이보다 베푸는 오너의 심정은 불확실한 꽃망울이 다른 해와 달라

가슴을 조아린다는 것 받는 이의 마음도 편하지 않은 일터

이젠 욕심을 내려야 될 법한 연륜에 동에 번쩍 서에 번쩍 40대 청춘보다 매섭다

노년에 활동은 보약보다 낫고 건강을 낙마시키지 않는다 했지

말과 정신은 뇌를 퇴화시키지 않을뿐더러 이 모든 것이 오늘의 좋은 결실을

성취하려는 오너의 인상이고 그 향기에 꽃은 피고 진다.

좋은 인상 결속된 마음으로 다가오는 정유년 새해에도 활기찬 황금 K/S나무에

충실한 꽃망울이 맺히고 낙과 없는 열매를 수확하는 마음은 차분히 기다려진다.

카톡에 오른 글

카톡 소리에 오른 목소리
각기 낙랑층층으로 귀에 들린다.
평소 듣던 목소리가 소리와 문자로 들려오니
메스꺼운 것도 있어서 때로는 마음을 비춘다.
거울같이 생색내는 소리가 아니길 바라지만
울리는 그 얼굴은 기억한다. 나를 위함인가
너를 위함인가 무엇을 원함인가 흔하고 널린
카톡 전달소리 안 열면 궁금하고 열어보아서
실망하지 않는 아름다운 소리를 듣고 싶다.

석류

왕석류 한 그루 농장에 심어 놓은 지 10년이 넘었다.

해마다 자라기만 하고 열매는 못 단다.

때로는 천덕꾸러기로 잘라 버리고 싶지만

그 또한 쉽지 않은 것 몇 해를 기다려 올해는 다르다

주먹만 한 석류 6개를 달고 대롱거린다.

가지는 무거워 낚싯대처럼 휘어져 지주에 의지하고

이 몸이 이 정도로 비싸다고 자랑한다.

하마터면 영영 맛도 못 볼 새콤한 맛 먹음직 하게 익었다.

아내 3개 나도 3개 공평하게 나눠 먹고 후년에는 더 많게 열릴 것을 기다리며 아내는 넌지시 석류는 여성들 과일이라고 독점을 강요하는데, 그건 아니올시다.

석류를 맛본 그해 겨울은 추위가 길고 강도가 높았다.

새봄이 오고 6월이 되어도 바늘 같은 줄기에 움이 없다.

석류는 일평생 주인을 배신하지는 않는다고 귀동냥한 게 생각났다. 죽을 때는 꼭 한 번 과일을 맛보게 한 다음 고사하다고 그럴 줄 알았다면 눈치 있게 이불로 감싸 줄 텐데 올해도 새순 줄기가 솟아올라 왔다.

내가 본 9.18 정상회담

문민정부 들어 3번째 정상회담
경제사찰단을 비롯한 정치권 200명
북한을 방북한 환영식 최고의 대접
감정은 위원장을 비롯한 군 참수와
유치원 학부모 음악회연회원단,
2박 3일의 풍선처럼 부푼 문 대통령 가슴에
긴장감이 벅차다.
예전에 상상 못 할 생중계 회담은 누구도 의심 못 할
현실이어라. 멀고도 먼 통일이 코앞에 왔을까?
그래서 사람은 한 치도 안 되는 가슴속은 아무도 모른다 했다.
부모도 모르고 자신도 모른다. 굴러가는 방향이 어딘지
그러나 단 변화는 눈으로 보고 있다 속임일까? 쇼일까?
그들의 대접에 언젠가는 우리도 치러야 할 약속
북에서 맞이한 대접 환영 웃음과 눈물 그리고 벅찬 가슴 남에
서 대접할 북한 사절단 우리는 숙제 아닌 숙제를 풀어야 과연 헛
되지 않은 통일의 꿈을 향해 발맞춰 활짝 핀 꽃 시들지 않게 촉촉
이 적셔야 통일봉 정상에 북 치고 장구 치고 오를 수 있다.

하늘 문 닫힐 때까지 걸어야 하리

원연희
시인

서울 출생. 성신여대 미대 졸
《문학과 현실》 시 등단
월간 《모던포엠》 작가회 회원
계간 《착각의 시학》 작가회 회원
사인사색 동인
사단법인 양주문협 창립위원 및 동인

시집
『별은 잠들지 않는다』(소금꽃 문학 동인 '사인사색' 시선집)

여름날의 시작詩作 노트

　금지된 사랑이 화형이라도 되고 있는지
　연일 뜨거웁다만 이 혼절할 무더위와 열대야 속에서도 정녕코
　홀로 놓아두거나 외면할 수 없어 오늘이라는 이 끔찍스레 존귀
한 시간 속에서 그댈 향한 달굼질로
　환장 맞게 끓는다 더욱 뜨겁게 너로 하여 또 하루 펄펄! 시인의
삶이란 온통 불구덩
　목숨 다한 사랑 아니던가.

처서

　길이 끝이 나는 데까지 똑바로 걸어야 하리

　꽃들의 유혹에는 눈길 주지 않고 마지막 한걸음마저 옮겨야 하리

　깨끗이 그분이 나를 불러 보내신 뜻 따라 나비의 춤사위에 한눈 팔지 말고

　하늘문 닫힐 때까지 걸어야 하리, 정확히 안으로 끓는 생각 작두로 잘라내고

　웃자란 허상마저 모조리 가지를 쳐 한줄기 가을 바람으로 넘어야 하리

작은 새

깃털만 만져도 가슴에 상처 하나씩 갖게 된다는 새
그 이름 알 수 없어 가슴에 손을 얹고 곰곰
가슴에게 되물었을 뿐인데 허공이 자꾸
아파온다

깃털과 깃털 사이 또는 경계

산과 산 사이의 경계는 안개가 가린다, 못 잊을 기억들이

산인 듯 에워싸도 시간의 차창 밖으로 날아가는 새가 있다

아득한 경계 사이에 그리운 우물이 있다. 아직도 풍뎅이 수풀 속을 헤매는 날,

한 번씩 물 긷는 소리 첨버덩 들려온다. 켜켜이 자란 초록은 첩첩이 깊어 있어,

시정市井에 잡힌 생각이 먼지 같다 싶다가도, 풀냄새 안고 돌아와 나는 또 여자가 되고

수묵 담채 진경으로 새 한 마리 돌아온다, 어둠살 지기 전에 날아 않는 새떼들, 그리움

그사이 깊어진 우물 하나 찾고 있다

꽃

아파트에서 눈 비벼야 겨우 내려다보이는 후미진 골목길 낡은 스
레트 지붕과 애석함에 이웃이라도 맺은 듯 기웃한 외등 후줄근한
불빛 넘어

가끔 내려다보면 길고양이처럼 잽싸게 지나가면서 버린

쓰레기라도 쌓일라치면 머리가 하얗게 센 할머니

살며시 녹슬 대로 녹슨 대문을 열고 나와 쓰레기를 치우신 뒤

마치 성스러운 어떤 의식이라도 치르듯 고요로운 몸짓으로

꽂꽂이라도 하고 남은 꽃인가 싶은 빛고운 꽃 몇 송이

살포시 꽂아 놓고 뉘라 행여 알세라 호미처럼 굽어진 몸

지운 듯이 자국 없이 문 안으로 마치 연기인 양 이슬인 양

가벼워도 가벼워도 솜털보다 더 가벼이 쪽문처럼 들어가시는 할
머니 그 꽃,

내 안에도 꼭 한번 피어볼 수 있으려나

서원

구름 한 점
바람 한 올에게,
올곧게 취해 본 적 있는가
스스로 묻는 계절이 날로 깊다
깊으면 깊을수록 가벼워지는 가엾음
가난이란 이래서 맑은가
꽃 피고 지고 나뭇잎 푸르러 녹음은 이런저런 열매 없이도
절로 짙게 고개 숙인다는 걸 겨우사 익히 알 만하다 싶으니 감히
한시절 호사스런 생이 뚜욱! 고개 제대로 떨군다 꽃이더라
생,
별건가 그렇게 머물고 그렇게 물들고 그리 이울다 제 갈 정처 모
른 채 가는 거
네가 그랬고 내 어미가 그랬고 내 어미의 어미가 그 아비가 그
랬듯
그런 거다 다만 기왕지사 단숨에 꺾이는 일
쉽지 않지만 되도록 싹뚝,
단번이면 차암 더없이
좋으리마는

안부

잘 지내고 있지? 설마 외로운 건 아닐 테고

먼 훗날 내 손길 닿았거나

옷깃만 바람인 듯 스쳤거나 일없이 문득,

기억의 줄기 속에 소름인 듯 눈물 잠깐 고이거든

내게 남은 눈물이 뽀얗게 몸을 씻고

잠시 허공에 떠

사랑해!라고 쓴 줄 알아주었으면 해

어느 날 세상 한 모퉁이에 풀꽃으로 서

한세상 지난 노래를 들춰 부르며

잘 익은 울음으로

뜨거운 웃음 섞어

급기야 불붙은 눈물 다

쏟아내는 줄로

그리 잠깐 기억해줄 수 있겠니?

아주 잠깐

잠깐이면 돼

이력서를 쓰다

되도록 볕 잘 드는 거기 그쯤서 젖 많아 넘치는 어미로 살고 싶었다.

엄마는 배불러야 하고 그래서 젖 물림이 천지간 황홀하길 바랐던 죽음 그 이상으로 간절했다.

돌아보니 하늘에는 하늘만 있는 게 아니었고 헤아려도 헤아려도 울리잖는 공명통이 있었다.

사막… 내내 사막이었지 이러고 말지 싶었는데 명료해지는 詩의 안구!

아, 꿈같은 이류이다.

우수

참새가 밭두둑에 앉아 목을 빼더니
무리를 찾아 떠나간다.
바람이 참새를 힘껏 밀어 준다
기억의 저편, 우두커니로 선 나무에
조금은 서둘러 서툰 초록 기운이 감돈다.
잎이 나고 자라는 대로
운명의 손금도 알 수 있으려나 싶다.
당신이 지펴 놓은 봄기운이
초록 불꽃으로 타올라 세상은 잠시 또 달궈질 테지.
내 그림자가 바람에 흔들리는 것도
이 불꽃의 일렁임 때문이겠지
이제 바람과 불꽃에 피할 곳 없는 난
놀란 새처럼 덩달아 날아오를 테고
난데없이 몸 뚫고 나온 부리
그 생살 같은 부리 끝으로 내 그리움을
낭자하게 터트리고 말 거야
풀밭에 환한 빛줄기 굵어지고
피할 곳 없어진 나는 온통,
젖어버리고 말 테지

사랑, 그 감미로운 하늘은

닿기도 전에 터진 먼먼 내 기억 속 풍선들로

홍건할 텐데 오래전 놓아 준 우주의 미아

내 모습을 그대로 빼닮은 영혼은

그 어디쯤 하늘가를 날아올랐으려나

그 속에 터질 듯 담겨 있던 것은

빛이었을까 슬픔이었을까

새벽 詩

낙엽처럼 떠나간 이름 하나 불러본다.

죽어야만 태어날 수 있는 부활의 끈을 놓치고 돌아서던 날

막막한 광야 끝에 열리는 새벽 내가 찾아다니던 별이 거기 있음을

꿈꾸지 않는 사람은 모르리라 밤이면 죽었다가 살아나는 눈동자

가장 가까운 곳에 있는 빛이기에 새벽을 열면 누구나 볼 수 있으리라.

이 흰서리는 어디에서 오는가, 발등을 덮는 청량한 입김

매화나무에 등 기대고 물 빨아올리는 소리 들으며

꽃잎 같은 이름 하나 불러본다.

산다는 것

때 없이 밀려와

한지 한가득 번져 드는 수묵화의 먹빛처럼 먼 데서 온

산 그림자 같기도 하염없고 정처 없이 흐르는 강 같기도

그리움 혹은 지독한 외로움 어쩌랴 그저 오래도록 정 깊어진 그
니처럼

반겨 맞고 함께하는 동안은 기꺼이 놀이로 벗으로 놀아주는 밖에

어릴 적 소꿉놀이하듯 정신 홀딱 빠지도록 그렇게 놀다 보면

해 질 무렵 제 어미 부르는 소리에 뒤도 보도 않고 달려가던 아
이처럼 총총

떠나도 갈 테지 그렇게 살뜰히 함께 어우러져 놀다 살뜰히 배웅
하면 되는 거다

그리움은 그리움으로 가득 채우고 외로움은 외로움으로 가득하
니 채워 반기고 배웅하고 그러면 참 족한 것을

가끔 멀어질 듯 멀어질 듯 멀어지지 않는 하늘 웅덩이 머리 위에
출렁이면

가슴 한 컨 애지도록 물 길어 물 길어 채워두고 그저 넘치거나
모자라거나 말라들지 않기를 바래보는 거

그리 즐겨 안고 즐겨 안고 사는 거 그런 거다 사람의 가슴으로
산다는 거

詩가 못된 유서

사방은 망망대해
자나 깨나
섬 멀미 중이다
아마도 평생일 게다

되돌아가기엔 너무
멀리 와버린
칼바위 섬 끝

마침내 길이 다한 그쯤서
알몸 한발 내어 딛는다

파도는 곧바로
염장시켜버릴 것이고

삽시간에 써 내린 저
일필휘지!
한 줄도 채 못 되는 문장
아닌 문장

거품거품
온통 펄펄 끓는 눈물의
짭쪼름한 모스부호

모스부호뿐

늦가을 비

시월도 어느새 끝자락이지 싶은 날에

기억 저편 한 생애 지도록 다독여둔 그리움의 줄기들에

괜스레 딴지를 걸다

뭉그러질 대로 뭉그러져 생살은커녕

물집마저 불구의 객이 되었을 저

몹쓸 흉장 속

흔적 없는 흔적들을 뒤적인다

그 해 저문 달

그 몹시도 시린 빛에

영육

송두리째 갇힌다

제법 기울대로 기울어진 몸이

물크러진 가슴들이

향방 없이 기운다

기울고 기울어

가물가물

쏟아지는 빗속에서

바람처럼 달빛처럼

저문다

저물어 간다

색색의

젖은 낙엽 사이로

크렁크렁

세월 온통

빛 부신 눈물아,

보석 같은 이 상처의 바다라니

가로등만이 누군가가 그리워
불을 끄지 못하고 서 있다

최상만
시인

강원도 홍천 내면 출생
《문학과 현실》 신인상 수상
《문학과 현실》 시로 등단
한국문인협회 회원
문학과현실작가회 회원

시집
『꽃은 꽃으로 말한다』(2015)

자화상

시가 뭔지도 모르는 시인,
그는 농사꾼의 자식이라 했다.
지게질로 어깨는 짝짝이가 되었다 한다.
키는 성장을 멈췄다 한다.

그런 그가 시를 쓴다.
그는 시가 뭔지 몰라
바람의 말을 듣는다 한다.
구름의 말을 듣는다 한다.

시가 뭔지도 모르는 시인은
곤줄박이의 날갯짓을 보다가
자작나무의 흔들림을 보다가
붉은 저녁노을의 울림을 적는다 한다.

그는 절절한 동박새의 울음소리를 적는다 한다.
붉게 떨군 동백꽃 잎을 어루만지다가
떨어져서도 붉은 설움 놓지 못하는
동백꽃 잎 어루만지다가

그의 고단한 삶을 함께 흐느끼다가
가슴을 울리는 떨림을 적는다 한다.

다를 뿐

모든 집에는 별이 자란다.

좀 빠르거나,
좀 늦을 뿐

담장 위에나
지붕 위에

기다림의 차이는 있다.
그리움의 차이도 있다.

서로 다를 뿐
서로 다르게 보일 뿐

모든 집에는 꿈이 자란다.

신호등

걷다 보니 비보호 좌회전도 있더라.
적신호도 들어오더라.
직진 신호에도
옆을 돌아봐야 할 때도 있더라.

가기 싫어도
떠밀려 가야 할 때가 있더라.
가고 싶어도
돌아서야 할 때도 있더라.

시간이 없어도
기다려야 할 때도,
시간이 많아도
서둘러야 할 때도 있더라.

살다 보니
인생에도 신호등이 있더라.
붉은 신호등도,
푸른 신호등도 들어오더라.

중년의 가을

그리도 매달리고 싶었던 사랑도
그리도 떠나고 싶었던 야망도
낙엽 떨구는 중년의 가을이 되면
고요한 강물이 되어 흐른다.
철 지난 절실함만이 일렁이고 있다.

둘러보면
녹슨 간절함이 여기저기 흩어져 있다.
사람들은 우체통처럼 붉은 그리움으로 서 있고
중후한 회색빛 가을이 비에 젖고 있다.
그 위로 일상의 소소한 수레바퀴 굴러간다.
텃새만이 깃털에 빗물을 털어 내고 있다.

그리도 간절했던 만남도
그리도 애절했던 그리움도
찬 이슬 내리는 가을이 되면
애잔한 별빛이 되어 내려앉는다.
빛바랜 열정만이 별똥별처럼 스친다.

가로등만이 누군가가 그리워 불을 끄지 못하고 서 있다

둘러보면
허허한 마음만이 전봇대처럼 어정거리고
사람들은 장승처럼 동구 밖을 바라보고 있다.
그 뒤로 길게 늘어진 그림자가 헛헛하게 웃고
여기저기 지나온 흔적마다 발자국이 지워지고 있다.
가로등만이 누군가가 그리워 불을 끄지 못하고 서 있다.

나이테

저마다의 가슴에는
저마다의 아픔 하나씩 묻어 두고 산다.

저 혼자 눈물 훔치며
꺼내보는 아련한 추억의 조각들

만나고 헤어지고
떠나고 돌아오며

우리는 가슴속에
자기만의 사연 하나씩 더하며 산다.

켜켜이 쌓인 기억의 창고 한쪽에
오늘도 나이테 하나 늘었나 보다.

인생

길지 않기에
더욱 소중한 것이 아닐까.

천년만년 주어진다면야
그리 살아도 되겠지만,

백 년도 안 되기에
아끼고 가꾸는 것이 아닐까.

그냥 낭비하기에는 한순간도
너무나 아깝지 않은가.

오늘이라는 꽃밭에
어떤 꽃씨를 뿌릴지는 자신의 몫

그런 하루, 하루를
어떤 꽃 피우며 살아야 할까.

구천은하九天銀河*

구름이 머무는 곳

그곳이라 했다.

보일 듯 보일 듯 보이지 않는 그곳

가끔은 구름이 가리고

가끔은 안개가 가리고

땀이 정제되어 이슬로 내려앉을 때

여인의 속살마냥

하얀 부끄러움으로 다가오는,

준비가 되었다고 여길 때

그 모습 보여주는 그곳.

하늘 끝에서 시작한 물줄기가

다시 운무가 되어 내리는 그곳.

가끔은 무지개도 띄우고

가끔은 바람도 멈추는 그곳.

의시은하낙구천이 바로 여기,

대승폭포**가 아닐런지.

---

* 대승폭포 전망대 바위에 새겨진 구절, 선 선조 때 명필 양사언의 글씨라고 전해진다. '폭포수가 날아 흘러 삼천 척이나 떨어지니, 아마도 은하수가 하늘에서 떨어지는 듯하구나.'라는 이백의 시 '망여산폭포'에 나오는 구절을 의미하는 것으로 이백이 여산 폭포를 보고 표현한 느낌이 대승폭포를 바라보니 꼭 그와 같다는 의미로 쓴 것으로 여겨진다.

** 강원도 인제군 북면 한계리에 있는 폭포, 높이 88m. 금강산의 구룡폭포, 개성의 박연폭포와 함께 우리나라 3대폭포로 손꼽힌다.

가로등만이 누군가가 그리워 불을 끄지 못하고 서 있다

듣는다

바람에게 듣는다. 자귀나무 꽃처럼 나부끼는 법을, 냇물에게 듣
는다. 작은 모래알처럼 낮은 곳으로 흐르는 법을, 푸른 하늘에 그
리는 자유로운 마음은 구름에게 듣는다. 노고지리에게 듣는다. 우
리는 무언가에게, 그 누군가에게 듣는다. 그 나름의 향기를, 그 나
름의 빛깔을

너 2

세상이 아름다운 것은
네가 있기 때문이란다.

너의 미소 때문에
너의 눈물 때문에
이 세상은
슬퍼도 아름다운 거란다.

너에 배려 때문에
너의 사랑 때문에
이 세상은
추위도 따뜻한 거란다.

이 세상이 아름다운 것은
바로
네가 있기 때문이란다.

자작나무

시간을 거슬러 오르다 멈춘 것일까.
사춘기 소녀의 흰 속살마냥
하얀 부끄러움을 감추었나 보다.
자작나무 잎은 소녀의 치맛자락마냥 나풀거렸다.
편지 대신 전해 주던 그 하얀 마음을
옆집 소년은 알지 못했다.
다만 새하얀 아침까지
자작나무의 속삭임을 듣고 있을 뿐.
추위가 절정에 서면
영하의 혹한도 그 얇은 껍질로 견디어 내던
자작나무의 그 속내를 뒷집 소녀는 알지 못했다.
다만 북소리처럼 들리던 맥박 소리만 들을 뿐.
봄이 되어서야, 자작나무는
은비늘처럼 수많은 잎 반짝이며
수도 없이 모여 서서 손 흔들고 있었다.
겨우내, 밤 지새우던 이유를
그토록 수줍어하던 이유를 알 것도 같다.
자작나무, 그새 성큼 자라
누군가를 연모하고 있었다는 것을

결국은

아침마다 눈을 뜨며 바라보던 것이
밤마다 잠들기 전에 두 손 모으던 것이
같은 것이었는지도 모른다.

들길을 걸으며 찾던 것이
석양이 내리는 부두에서 기다리던 것이
결국은 하나가 아니었을까.

새해 첫날 해돋이를 보며
섣달그믐에 해넘이를 보며
염원하던 그것이
결국 같은 것이 아니었을까.

슬플 때나, 힘들 때 자기도 모르게 간절해 하던 것이
기쁠 때나, 좋을 때 자신도 모르게 감사해 하던 것이
그것이 아니었을까.

결국
우리는 같은 것을 찾고 있었는지도 모른다.

우리는 같은 곳을 바라보고 있었는지 모른다.

방촌
문학

너는 아니

   너는 아니? 이른 봄 꽃눈에도 참아내야 하는 진한 아픔이 있다는 것을, 한여름 푸른 연잎에도 뿌리 잘리는 고통 담겨 있다는 것을, 너는 아니? 늦가을 단풍에도 서리 내리는 밤 푸른 영욕 내려놓는 비우는 마음이 들어 있다는 것을, 한 겨울밤에 부는 바람에도 험한 파도 건너며 머금은 짜디짠 향기가 난다는 것을, 너는 아니? 너를 둘러싼 너의 주변 모든 것들도 여름 광풍에 흔들렸다는 것을, 안으로 안으로 꺽꺽한 눈물 삼켰다는 것을, 부르튼 상처 보듬었다는 것을

동창회

시간은 흘러도 추억은 남아
시간을 거꾸로 돌리고 있었다.

지위도 명예도 필요 없었다.
남루에 막걸리로도 충분했다.

동창 모임에서는 학창 시절
함께한 시간이 흐르고 있었다.

거기에는 비밀스러운 짝사랑도 되살아나고
거기서는 친분의 거리가 없는 욕설도 들렸다.

동창회에서 돌아온 날
몸속에서는 청춘의 피가 역류하고 있었다.

가슴으로 통하는 말이 더 뜨겁다

최점희
시인, 수필가

부산여자대학 문예창작과 졸업
한국방송통신대학 국문학과 졸업
《문학 세계》 신인상 수상 수필 등단
《문학과 현실》 신인상 수상 시 등단
춘천교구 가톨릭문우회 회원
문학과현실작가회 회원

가을이 오면

나무가 비운다.
그 속에 물을 담는다.
연잎도 찢어지지 않을 만큼만 물을 받는다.

하늘이 비운다.
그 속에 바람을 담는다.
구름이 흘러가는 그곳에 노을이 탄다.

강물이 비운다.
그 속에 맑음을 담는다.
물결도 반짝거려야 슬픔을 접는다.

산이 비운다.
그 속에 전설을 담는다.
골짜기가 깊어야 메아리가 산다.

사람도 비운다.
그 속에 사랑을 담는다.
두레박만큼 넘쳐야 우리가 나눈다.

겨울 숲으로 가자

겨울 숲으로 가자.
부끄러울 것도 없고
내세울 것도 없는
하늘을 우러러보며 머물고 싶은 그곳
너였구나,
그들의 마음속이 보이고
그대였군요,
먼 곳의 속삭임도 다 들리는
앙상한 숲으로 가자.

설렘의 나무 가득 차 있던 봄날의 숲도
청춘의 덫에 걸려 달려갔던 여름날의 숲도
멈칫거리며 두리번거렸던 가을날의 숲도
다 지나가는 것이려니
겸허의 마음으로 보내는 찬란한 바람
서서히 고개 숙이는 숲
천천히 무릎 꿇어 회개하는 숲
겨울 숲으로 가자.

길, 그리고 하늘, 사람

나는 걸었네.
깜풍 꼬풍잇 성 요한 성당으로 오르는 가파른 오르막길
마중 나온 우산과 후레쉬 불빛과 맨발의 아이들
자꾸만 치미는 울음을 밀어 넣으며
까만 손으로 끌어주는 길을 따라 걸었네.
여기에서 거기까지 멀고 먼 길이건만
발자국 가득 피어난 얼굴들
길 따라 환한 꽃들로 서 있네.

나는 알았네.
오십을 훌쩍 넘기고서야 알게 된 하늘의 마음
컴컴한 구름을 깔고
붉은빛 석양을 펼쳤다가
푸른 쪽빛을 널었다.
하느님 보시기에 마냥 좋아
자꾸만 자꾸만 비를 내려주시네.

나는 만났네.

까만 밤이어야 더 빛나는

맹그로브 숲에 모여 사는 반딧불이를 닮은

머루처럼 까만 눈을 가진 아이들

키나발루산 위의 패트릭 성당에서도

하상 바오로 성당에서도

성 프란치스코 하비에르의 집에서도

목울대를 울렸던 어른과 아이들

해맑은 모습

청정한 마음

후레쉬도

반딧불이도

하늘의 별도

깜깜해야 더 빛나는 은총이 된다는 것을

먼 길을 돌아서 온 지금

나는 알았네.

별리의 슬픔을 누르며

서로를 안았을 때

가슴으로 통하는 말이 더 뜨겁다는 것을

하늘은 말해주었네

댓글 달기

내 이름은 까미야,
여기 나의 냄새를 놓는다.
지나는 길에 내 생각해 주렴
한 번쯤 만나게 될 너를 생각하며
너의 눈빛, 냄새 그리워
나의 마음 놓는다.

내 이름은 누리야
나 살아있단다.
이리 좋은 바람결을
다시 느낄 수 있음이 너무 감사해
매일 다니는 이 길에서
깊었던 상처의 기억을 치유받는다.

내 이름은 진실이야
나랑 친구 할래?
모든 것이 두렵지만
다가오는 손길이 그립기도 해
결코 잊지 않고 있는 그 손바닥의 온기
따뜻한 세상에 마음을 놓을래?

오늘도 나는 이곳저곳에 댓글을 단다.
따뜻한 봄이 오면 피어날 꽃들을 기다리며
따스한 마음을 놓는다.
소박한 사랑을 심는다.

돌쩌귀

　다 쓰러져 가는 초가집 한 채. 찢긴 거미줄마냥 오래된 시간이 감나무에 걸려있다.

　푹푹 꺼진 지붕 위엔 풀들이 무성하고 조그만 툇마루 고단해 드러누운 듯 내려앉아 있다. 문짝 하나 떨어져 벽에 기댄 채 기울게 서있고, 너덜해진 한지 속에 말라버린 꽃잎 박혀있다. 마루 밑에서 나뒹구는 흑백 사진 한 장. 검은 치마 하얀 저고리 입은 새색시가 남자 옆에 서 있다. 누렇게 빛바랜 또 한 장의 사진. 이 집의 장손일까? 튼실한 고추 달고 백일기념 아래 앉아있다.

　문짝에 박혀있는 암짝과 문설주에 박혀있는 수짝. 서로 꼭 껴안고 얼마나 많은 시간을 돌았던가! 지아비와 함께 새 문풍지 바르던 어느 가을날, 그 속에 연분홍 코스모스 꽃잎 박으며 함께 웃었던 날을 추억하는가! 아이는 커서 어디로 갔을까?

　벌겋게 녹슬어 흙이 되어가는 돌쩌귀는 다시 돌고 싶어 발자국 소리 기다린다.

딸 우리

내가 시집가기 전에 우리 엄마는 늘 이렇게 말씀하셨다.

"희야, 너는 거창읍으로 시집갔으면 좋겠다. 먼 곳으로 보내지 않고 가까이 살게 해서 내가 자주 보고 살아야지."

그러면서 거창읍 어디에서 슈퍼를 한다는 신랑감이 있다며 선을 보라고도 하셨다. 그렇지만 어디 자식의 일이 부모가 바라는 대로 되던가 말이다. 부부싸움을 자주 하셨던 부모님 영향 탓인지 나는 결혼에 대한 꿈을 꾸지 않았다. 하지만 그것 또한 마음먹은 대로 되는 일은 아니었다. 여차여차 인연이 닿아 지금의 남편과 만났고, 결혼해서 친정동네와는 너무나 멀리 떨어진 곳에서 살고 있으니 말이다. 일 년에 한 번 갈 때도 있고 그러지 못할 때도 있으니 자식을 먼 곳으로 시집보낸 내 어머니 마음에 깃든 그리움이 얼마나 클 것인지 미루어 짐작할 뿐이다.

시집도 그리 먼 곳으로 가서 자주 오지 못한다며 만날 때마다 지청구를 늘어놓으신다. 내 친구 영순이는 자주 왔다 간다는 둥, 자식들하고 함께 읍에 있는 목욕탕에 다녀오는 게 소원이라는 둥, 이제는 그 서운한 마음을 접을 때도 된 듯싶건만 만날 때마다 들어야 하는 엄마의 잔소리이다.

내가 결혼하여 자식을 낳아보니 그 마음을 알 것도 같다. 이제는 다 커서 대처에 나가있는 자식들을 염려하는 마음에, 저녁때만 되면 집에 잘 들어갔는지 염려스럽고, 밖에 있다면 잘 들어갔다는 메시지를 받아야만 안심이 되니 말이다.

울 엄마가 낳은 자식은 모두 여덟인데 지금까지 언니와 나, 남동생 셋만 살아남았다. 다섯은 제 명대로 못 살고 먼저 하늘나라로 갔단다. 먹을 것 없던 가난한 시절의 이야기이니, 아파도 병원 치료 한 번 제대로 못 받았던 때의 이야기이다. 가끔 궁금해서 물어보면 땅이 꺼지게 한숨부터 쉬시니 꼬치꼬치 캐묻기도 민망하여 그냥 딴 데로 말머리를 돌려버리곤 했다. 그러나 마지막 여덟째는 나도 아는 이야기이다.

초등학교 다니던 시절, 엄마는 한동안 배가 불러 있었고, 어느 날은 아기를 낳았다 했다. 그런데 학교에서 돌아오니 아기가 보이지 않았다. 가까이 살던 당숙모께서 말씀하시길, 아기가 죽었다고 했다. 베보자기로 싼 아기를 아버지가 지게에 지고 나가 뒷산 어딘가에 묻었다고 했다. 내가 아기를 얼마나 기다렸는데….

내 친구 영순이는 동생이 있어 늘 그늘에서 아기를 데리고 놀았다. 나는 아기가 없으니 늘 부모님을 따라 논으로, 밭으로, 산으로 다니며 부모님 일을 거들어야 했다. 나에게도 아기 동생이 생기면, 밭에 나가 일하지 않고 아기만 잘 보면 되겠다 싶어 동생이 태어나길 얼마나 기다렸는지 모른다. 그 아기가 죽었다니, 처음으로 죽음이 무섭게 다가왔다.

젖 한번 물려보지 못하고 내다 버린 막내둥이부터, 제법 키워서도 죽었다는 그 위의 언니, 오빠들까지 내다 묻으면서 엄마는 작은 가슴속에 꾹꾹 눌러 한을 묻은 것이었다.

나와 내 동생도 어릴 때 병치레를 많이 했다. 나는 늘 할머니 등에 업혀 동네 약방 하는 아저씨한테 가서 침을 맞곤 했다. 그게 너무 싫었지만 먼 곳에 있는 병원을 갈 수도 없고, 돈도 없던 때라 죽으나 사나 그 조그만 약방문을 열고 들어가 침 한 대 맞는 게 최선의 치료였던 것이다. 침을 맞고 나면 할머니는, 이제 걸어봐라 하셨는데 나는 일어서다 또 풀썩 주저앉고 말아 올 때도 또 할머니 등에 업혀 돌아오곤 했다. 내 동생은 병치레가 더 심해서인지 가끔 경기를 했다. 젖 먹다가도 갑자기 파르르 울면서 뒤로 넘어지면 엄마는 얼굴이 사색이 되어 숟가락에 주사를 타서 입에 집어넣었다. 들기름을 넣을 때도 있었고, 그것도 듣지 않으면 아랫동네 양엄마를 불러오라고 나에게 소리쳤다. 난 자다가도 깜짝 놀라 일어나 신을 신을 겨를도 없이 맨발로 논 가운데를 가로질러 굿을 해주는 양엄마 집을 향해 내달렸다. 양엄마를 삼으면 아이가 건강하게 잘 큰다 하여 아랫마을 굿하는 사람을 양엄마로 삼았었다. 나도 놀랐지만, 그때 놀랐을 엄마의 마음고생이 자식을 키워 보고서야 더 절실히 와닿는다.

그러니 겨우 살려낸 자식이나마 가까이 두고 보면서 살고 싶었던 것이다. 밭고랑에 앉아서도, 찬밥 한 덩이 물에 말아 목으로 넘길 때도 문득, 자식들이 보고 싶었을 것이다.

무심한 세월은 흐르고 흘러 이제는 그 먼저 간 자식들이 있는 곳, 원수인 양 으르렁거리며 살다 먼저 가신 아버지가 가 있는 곳,

그곳으로 갈 날이 머지않았음을 엄마의 하얗게 센 머리가 말해준다. 유모차를 밀지 않고는 걸을 수 없는 다리가 말해준다. 그런 엄마를 떠올릴 때마다 자주 가지 못하는 내 마음은 애석하기 그지없다.

작년에 이사하고, 짐을 정리할 때의 일이었다. 자그마한 분홍 복주머니가 나왔다. 이게 뭘까? 갸웃거리다 속을 열어보니 신사임당이 그려진 오만원권 지폐 3장이 들어 있었다. 거기에 '딸 우리'라고 쓴 쪽지가 함께 있었다. 정말 까맣게 잊고 있었다. 몇 해 전인지도 가물가물하다.

어느 해 집에 갔을 때, '난 여태 살면서 우리 딸한테 이런 선물을 한 번도 한 적이 없더라.' 하시며 그 복주머니를 주었던 기억이 떠올랐다. 그때는 빈 주머니인 줄 알고 열어보지도 않았었다.

다시 주머니를 꼭 여며 장롱 깊숙이 넣어두었다. 어릴 때, 서당 공부하는 오빠의 어깨너머로 겨우 깨치셨다는 한글, 그 한글로 우리 딸을, '딸 우리'로 써놓은 울 엄마!

지난 여름이었다. 오랜만에 세 아이와 함께 쉬는 날이 겹치게 되어 외할머니 뵈러 가자 하여 길을 나섰다. 갑자기 들이닥친 우리를 보고 좋아서 어쩔 줄 모르셨다. 길이 멀어 밤늦게 도착하였기에 얼른 씻고 자려고 했는데, 울 엄마가 갑자기 "나 이 공부 좀 가르쳐다오." 하신다.

마을회관에서 하는 공부 반에 등록했는데 선생님께서 숙제를 내주신 모양이다. 도통 알아듣지를 못하겠다며 엄살을 부리신다. 괜히 공부를 시작했나 보다며 볼멘소리를 하시는데 내심은 아닌

듯 보였다. 알아듣기 쉽게 차근차근 설명해주니 이해가 된다며 좋아하신다. 글씨도 또박또박 제법 잘 쓰신다. 울 엄마 나이 올해 여든여덟이신데 어쩌자고 공부는 시작해서 이렇게 마음고생을 하실까? 방바닥에 책과 공책을 펴놓고 고개를 떨군 채 불편한 자세로 앉아 글씨를 쓰는 것만으로도 관절에 무리가 오지 싶어 마음이 아렸다.

새벽 일찍 일어나 나를 흔들어 깨우기에 깜짝 놀라 일어나니, 또 책과 공책을 펴놓으셨다. 어젯밤에는 좀 알아듣겠더니 아침에 보니 또 무슨 소리인지 도통 모르겠다며, 그만 자고 일어나 가르쳐 달라신다. 그런 당신의 행동이 좀 웃기셨는지 겸연쩍게 웃으신다. 몸이 불편해서 만사 귀찮을 법도 하건만 그래도 배우고 싶은 마음이 있어 하고자 하니 다행이고 다행이다 싶었다. 이것저것 배우는 일이 즐거운 건 나도 마찬가지인데, 아마도 엄마를 닮았나 보다 싶어진다.

그러고도 삼 일을 머무는 동안 낮이건 밤이건 시시때때로 공부 좀 가르쳐 달라고 하셔서 나도 우리 애들도 많이 웃었다.

자꾸만 숨이 차서 힘들어하심을 보고 와서인지 내 마음도 자꾸만 조급해진다. 마음을 나누기에 그리 긴 시간이 남아있지 않음을 알기에 이제부터라도 더 자주 찾아가 뵈리라 다짐해 본다. '자나 깨나 꿈속에도 돌아가고파'라고 읊었던 신사임당의 사친시(思親時)가 머릿속을 가득 메운다. 어머니 옆에서 색동옷 입고 앉아 바느질할 날을 그리워하던 그 마음처럼, 나도 젊어서 기운 넘치던 내 어머니와 함께 콩밭도 매고, 땔나무도 해 이고 오던 그 시절, 마당에 멍석 깔고 앉아 엄마가 끓여준 수제비 먹던 그때가 그립기만 하다.

열심히 읽기, 쓰기를 공부해서 다음에 만날 때는 '딸 우리'라고 쓰지 않고 '우리 딸에게'라고 쓰고, 엄마 마음을 적은 긴 편지를 써 주셨으면 좋겠다. 창문을 두드리는 바람 소리에도 귀를 기울이고 계실 울 엄마. 찬바람이 불기 시작하니 마음속 한 켠에 더 큰 서늘함이 들어앉는다.

방촌
문학

마음은 항시 집에 가 있었다

김호동

소설가, 수필가

충북 출생
《문학과 현실》 소설 「백사장」으로 등단
전국김소월 백일장(2018) 수필 「천직天職」으로 대상 수상
한국문인협회 회원

천직天職

　사람은 누구나 태어나 살면서, 자신이 살아온 주옥같은 세월을 간직하다 내려놓고 돌아간다. 영수 아버지도 그랬다.

　영수는 어렸을 때 너의 아버지 뭐 하냐 물으면 장사한다고 대답했다. 그러나 아버지는 장사에는 관심도 없고 알지도 못했다.

　1957년 영수가 중학교 다닐 때 서울은 많은 인파로 들끓었다. 살아가기가 몹시 힘들 때였다. 그때만 하더라도 하꼬방집, 천막집, 판자집, 움막집이 많았다. 서울 인구는 200만이 넘었다. 청계천 양 뚝으로 하꼬방 집들이 줄을 이었고, 혼탁한 물이 흘렀다.

　영수도 하꼬방 집에 살았다. 아버지는 육남매를 두었고 가족을 먹여 살리랴 학교 보내랴 정신없이 살았다. 영수가 고등학교를 들어갔을 때 담임선생님이 아버지 직업을 내일은 알아 오라고 했다.

　영수는 아버지가 퇴근길에 언제나 고기 안주에 술을 드시고 온다고 짐작했다. 아버지한테서는 늘 고기 냄새와 술 냄새가 났기 때문이다. 그날도 아버지가 퇴근하시자 영수는 안방에 들어가 선생님이 내일 또다시 아버지 직업을 물으면 뭐라고 대답해야 좋을지 물었다. 아버지는 얼굴을 돌리고 침묵했다. 그러자 영수는 재차 물었다. 그때 화난 목소리로 아버지가 소리 질렀다.

"공무원이라고 해라."

영수는 방문을 닫고 나와 고민을 했다. 공무원이면 양복에 넥타이 매고 머리도 단정하고 구두도 반짝거려야 하는데 아버지의 모습은 정 반대였다. 이튿날 담임선생님 물음에 영수는 아버지 직업을 막노동이라고 대답했다.

아버지의 벌이로는 살기가 힘들어 고등학교를 일 학년도 채우지 못하고 영수는 중도에 포기하고 말았다. 공장엘 다니며 돈을 벌어 동생들 학비를 마련하고 가정을 돌보다 군에 입대했다.

군대 생활을 하면서도 부모님과 어린 동생들을 걱정하며 보내는 동안 제대 날이 다가왔다. 제대를 며칠 앞두고 아버지가 돌아가셨다는 전보가 왔다. 영수는 하늘이 노래지고 앞이 캄캄했다. 집으로 달려가 아버지 장사를 치러야 했다. 조문 오신 분들 중에 아버지 회사의 엄 반장이라는 분이 전화번호를 적어주면서 제대하고 한번 찾아오라고 했다. 영수는 공손히 받아 간직했다.

그 당시만 하더라도 취직은 꿈도 못 꾸는 일이었다. 제대 말년에 취직 걱정을 하던 차에 혹시나 하는 마음도 없지는 않았다. 집안 어른들 의견에 따라 아버지는 대대로 모시는 선산으로 모셨다.

영수는 제대를 하고 엄 반장을 찾아갔다. 그곳은 화장터였다. 아버지가 일하던 곳을 보여주었다. 아버지는 화부였다고 한다. 장작불 위의 시신이 타지 않으면 삼지창으로 헤집어 모두 태우고 뼈만 남기는 일이었다. 그 다음 사람이 뼈를 추려 빻는다고 했다. 시예산이 없어 비싼 현대식 기계를 설치 못 하고 불교식 화장을 한다며 직업엔 귀천(貴賤)이 없다고 엄 반장은 설교했다. 끝내는 아버지 하던 자리를 비워둘 테니 3개월 안에 확답을 해달라는 엄 반장의 깊은 배려였다. 영수는 화장터를 나오며 아버지를 불렀다.

"아버지 감사합니다. 가족을 먹여 살리려고 이렇게 힘든 일을 하시면서도 침묵하셨습니다. 아버지 직업에 대해서도 아무 말 없으셨고요. 그래서 퇴근할 때는 술을 꼭 드셨군요. 아버지 몸속에 박힌 고기 냄새는 인간의 살점이 태워져 없어지는 죽은 자의 마지막 살 내음이었습니다. 아버지는 공무원이 맞았습니다. 화장터는 시에서 운영하고 있었으니까요. 제가 선생님한테 잘못 대답했습니다. 누군가가 또 물으면 아버지 말씀대로 대답할게요. 이 세상에서 가장 훌륭하고 고마우신 우리 아버지."

영수의 걸음걸이에 동생들의 얼굴이 하나둘 밟혀들었다. 화장터의 굴뚝에는 연기가 피어오르고 연기 속에 아버지가 웃고 있었다. 영수는 소리쳐 아버지를 불렀다.

영수는 장남이기에 아버지 역할을 해야만 했다. 아버지가 없는 빈자리에 어머니는 황량한 사막에 홀로 서있는 망부석이 되었다. 혼이 나간 사람마냥 멍하니 서 있었다.

집은 좁았다. 육남매가 살아가기엔 너무 좁은 집이 되어 버렸다. 밥상을 차려놓고 먹을 수가 없었다. 육남매는 밥사발을 들고 밥을 먹을 때면, 서로가 질세라 파리가 덤벼들 듯 바글거렸다. 육 남매가 자라서 방이 너무 좁았다. 마당도 조금은 마루로 들어갔고 비가 오면 똥내 나는 청계천 물 위에 말뚝을 박아 한 발자국 쯤 내물려 방을 넓혔다. 방은 넓어지고 여동생 둘과 어머니는 한방을 쓰게 하고, 가여운 어머니는 일손을 놓으라고 한사코 뜯어 말렸다. 남동생과 여동생 하나를 야간학교로 전학시키고 두 동생을 낮에는 돈벌이를 시켰다. 영수는 살아야 한다고, 어떻게든 살아야 한다고 아버지를 떠올리며 이를 갈았다.

영수는 화부가 되었다. 아궁이에 풀무질을 해댔다. 장작위에 올려진 시신은 너무나 비대하게 살이 찐 돼지같이 보였다. 불이 붙자 훨훨 타오르는 불길 위의 시신(屍身)이 펑 하는 소리와 함께 배가 터지는 소리가 났다. 영수는 기겁을 하고 놀랐다. 시신에서는 기름이 흘러내리며 불길은 올라오지 않았다. 영수는 붉게 충혈된 눈으로 기름진 시신을 주시했다. 때마침 지나가던 엄 반장이 버럭 소리 질러 천둥 치는 소리로 호령했다.

"뭘 하나, 삼지창으로 푹푹 쑤셔 뜯어내야지!" 겁을 먹은 영수는 아버지가 들었던 삼지창을 번쩍 들었다.

난전亂塵

　기차는 쉬지 않고 어둠을 헤쳐가고 있었다. 석구와 진희는 서울
행 열차 속에 나란히 숨어들었다. 그 들은 깍지 낀 손에 힘을 주었
다. 진희가 더 힘껏 쥐면서 입을 열었다.

　"웬일로 어려운 결단을 내렸지? 사전에 말도 없이?"

　석구는 긴 한숨을 토해냈다.

　"까치집을 짓다가 지쳐서 결단을 내렸어."

　"왜 하필이면 까치집이야? 이왕 짓는 거 기와집을 짓지 않고?"

　듣는 둥 마는 둥 침묵이 흘렀다.

　"말을 해봐. 어떤 변명이라도. 왜 하필이면 까치집이냐고?"

　"진희야, 사랑해."

　석구가 고백을 했다.

　"그런 말은 나도 할 수 있어. 또 하려거든 잠이나 자든가. 도망가
는 주제에 사랑은 어울리지 않아."

　침묵이 무겁게 내려앉는다. 진희가 답답하다는 듯이 석구의 옆
구리를 큭 찔렀다.

　"갈 곳은 정한 거야?"

"정했으니까 기차를 탔지. 그 전에 몇 번 가본 적이 있어서."

"거기가 어딘데?"

"시장이야."

석구가 시선을 창밖으로 돌린 채 말이 없었다. 진희가 지금은 찬밥 더운밥 가릴 때가 아니라면서.

"그래 까치집은 왜 지었냐고? 그게 우리 가는 거 하고 무슨 관계가 있는데?"

석구가 진희에 손등을 눈으로 가져갔다. 석구가 큭 하고 흐느꼈다. 진희 손등에 석구의 눈물이 질펀했다.

"뭐 하는 짓이야? 울고 있잖아? 그렇게 약해서 어떻게 살아가려고? 까치집을 짓다가 잘못된 거 아냐?"

어제는 석구가 읍내를 나갔다 왔다. 비바람이 불고 천둥·번개도 쳤다. 빗속에서 까치울음 소리가 들렸다. 아카시아 나무밭을 지날 무렵 두 마리의 까치가 마구 짖어대고 싸우는 듯이 위로 솟았다 내리 꼬치며 악을 쓰며 울어댔다. 울어대는 까치 소리에 자신도 모르게 소리 나는 쪽으로 끌려가고 있었다.

가까이 가서 보니 나뭇가지를 물고 오르락내리락 물어다 쌓고 있었다. 비를 맞으며 태풍도, 바람도, 천둥소리도, 번개가 치는데도 아랑곳하지 않았다. 바람 속에 물고 올리다 떨어트린 나뭇가지를 함께 내려가 다시 올려다 쌓고 있었다. 나뭇가지가 굵어서인지 자꾸만 떨어트렸다. 날개가 바람에 휘말렸다. 몸은 빗줄기에 휘청거리고 주둥이로 안 되면 발로 집어 올렸다. 빗줄기는 더욱 심하게 굵어졌다. 날갯짓으로 몸을 날려 죽기 살기로 악을 쓰며 나뭇가지들을 물어 올렸다. 석구는 그날 밤 잠속에서 까치들을 만났다. 꿈속에서 까치처럼 집을 짓기 시작했다.

기둥 네 개를 진희와 옮겨왔다. 땅을 파고 기둥을 세웠다. 기둥 위에 서까래도 올렸다. 바람이 불고 회오리쳤다. 번개가 번쩍하며 천둥소리가 요란하게 들렸다. 올려놓은 서까래를 벼락이 내리치면서 기둥이 힘없이 무너져 내렸다. 다시 땅을 파고 기둥을 묻었다. 흙이 모두 파여 나갔다. 파 놓은 구덩이마다 물이 가득 고였다. 석구와 진희는 흙탕물을 뒤집어쓰고 빗줄기에 세수를 했다. 조금도 힘이 들지 않았다. 화도 나지 않았다. 석구는 웃으며 땅을 파고 다시 기둥을 세웠지만 세워놓은 기둥이 도로 쓰러졌다. 한 개의 기둥도 세우지 못했다. 진희가 깔깔 웃자 석구도 따라 웃었다. 밤새도록 꿈속에서 기둥과 싸웠다. 쓰러지면 또 세우고 그러다 잠이 깨였다.

아침에 일어난 석구는 뒷동산을 힘껏 뛰어올랐다. 떠오르는 해를 보고 소리 질렀다. 까치처럼 진짜 집을 지을 거라고, 진희와 고향을 떠나겠다고 떠오르는 태양 아래 맹세를 했다. 요즘 들어 석구네 집과 진희네 집은 자주 부딪치고 있었다. 양가의 의견 대립으로 결혼 승낙은커녕 잘못하다간 부모님한테 맞아 죽을 지경까지 치닫고 말았다. 그렇게까지 결혼을 반대하는 이유를 알 수 없었다.

석구는 낮에 대충 준비를 마치고 진희와 읍내에서 만날 약속을 했었다. 오늘 저녁에 기차를 타는 거라고 여기까지 듣고 있던 진희가 기뻐했다.

"까치가 고맙네?"

"나도 까치처럼 집을 지을 거야."

"둘이 열심히 살자고."

"잘 나왔어, 우린."

석구와 진희는 한 동래 살고 있으면서 남모르게 서로 사랑을 했다. 그 둘은 결혼을 결심하고 용기를 내 부모님한테 결혼 허락을 받으려 했으나 실패하고 말았다. 양가 부모님들 사이의 언짢은 대립으로 석구와 진희한테 불똥이 튀고 있었다. 석구는 노력을 하다 안 되니까 진희와 다른 곳으로 가서 서로 사랑하며 살 것을 약속했다. 그러던 어느 날 까치들이 집 짓는 것을 보고 용기를 얻어 석구는 진희를 데리고 고향을 떠났다.

하늘은 구름으로 가득 찼다. 마당에 나와 고개를 젖히고 쳐다봐도 하늘은 부엌 미닫이 문짝만 했다. 골목을 나와 올려다보면 조금 더 크게 보였다. 큰길로 나와야 하늘이 제법 넓게 보였다. 석구와 진희는 방 한 칸을 사글세로 얻었다. 방을 얻기까지 어렵고 힘든 고비를 여러 번 넘겨야 했다. 둘은 도망쳐 이곳으로 숨어들어와 교회에서 새벽을 보냈다. 결혼식 없이 혼인신고만 하기로 하였다. 서둘러 집을 나온 이유는 너무도 허황되고 말도 안 되게 양가 부모님들이 알 수 없는 입담으로 구설수를 만드는 데서 비롯되었다. 하지만 그보다도 얼마간의 돈이 마련돼야 움직일 수 있었다. 둘은 작정을 해서 집을 떠나려 약속을 했기 때문이다. 하마터면 양가 부모님들에 의해 억지로 헤어질 뻔했다. 심지어는 양가 부모간에 소 같은 놈, 도독 같은 놈 하고 막말까지 나왔다. 사태가 급박해지자 둘은 고향을 서둘러 나올 수밖에 없었다.

　몇 발짝만 나가면 재래시장으로 연결된 집에 방을 얻었다. 집에서 나가고 들어올 때 보이는 것은 오르지 간판들뿐이다. 시장골목으로 들어가지 말고 큰길로 나가자면 가장 먼저 보이는 간판이 한국냉동이다. 냉동 가게 박 사장은 석구를 반갑게 대해주었다.

　오늘은 박 사장한데 톱과 망치를 빌려 왔다. 석구는 며칠 모아둔 나무 상자를 분리했다. 상자는 모두 생선을 담았던 것이라 비린내가 배여 있었다. 깨끗하게 닦아 말려 놓은 판대기로 저금통을 만들었다. 상자는 맨 위에서 동전을 넣고 동전을 끄집어낼 때는 밑에서 열면 안에 있는 동전이 모두 나오게 하였다. 상자를 벽에 붙여놓고 매일 오십 원씩을 넣겠다고 진희에게 말했다. 재산목록 1호라며 모아서 집 장만을 하겠다는 것이다. 월말이 되어서야 석구는 마을금고 통장 하나를 진희에게 주었다. 거기엔 하루 오십 원씩 계산해서 한 달 동안 넣은 천오백 원이 들어 있었다. 도장과 통장을 진희에게 맡겼다. 집에서 우측으로 빠지면 작은 공구상이 줄지어 여러 종류의 이름을 갖은 간판들이 꼬리를 물고 붙어있다. 공구상 건너편에는 공원이 있다. 공원이 되기 이전엔 시립 병원 자리였다. 공원에서 동쪽으로 걸어가면 오거리가 나오고 서쪽으로 내려가면 재래시장 뒤편이 된다. 여러 가지 기계 상가가 들어서 있다. 재래시장 뒤편으로 쭉 들어가면 중장비 부품가게가 많은데 중고 부품 부속상이 골목마다 들어서 있다. 석구와 진희는 처음으로 이곳에 왔을 때는 시장에서 무엇을 하더라도 개미처럼 열심히 살면 밥이야 굶지 않겠지 하는 작은 소망으로 들어와 무슨 일이고 일거리를 찾아야 했다.

　석구는 노동이나 남에 가게에서 일을 봐 준다든가 취직을 하는 일은 하지 않았다. 진희가 식당일을 하는 것도 원치 않았다. 그는 오직 장사하는 것만 생각했다. 자본금도 없으면서 늘 장사만을 고집했다. 석구는 시장 끝에서 난전(亂廛)이 서는 것을 찾아내고는 얼마나 좋아했는지 모른다. 그 시장은 새벽에만 섰다가 아침 해가 뜨면 사라지는 불빛 없는 새벽장이다. 개천을 복개해 놓은 곳이다. 남의 집 가게 앞에서 장사하다가 아침에 가게 주인이 나올 시간쯤에 자연스럽게 하던 장사를 치워주면 되는 새벽 장이 서는 곳이다. 새벽 장을 찾은 사람들은 거의가 식당을 하는 사람들이고 어둑어둑한 길에서 사고팔다 보니 이른 새벽엔 얼굴조차 보이지 않는다. 좋은 점은 가게세가 없다. 물건은 거의 식당에서 쓰는 식자재로 채소 종류들이다. 현찰장사고 잊지 말아야 할 조건은 물건값이 싸야 손님이 붙는다는 것이다. 장사하면서 긴말도 필요 없다. 대충 눈으로 보아 싱싱하고 야채가격이 저렴하기만 하면 거의가 그냥 흥정이 끝나버린다. 석구에겐 이렇게 좋은 장사 터가 있다니 좋은 일이었다.

　낮에는 서울근교 채소밭에 가서 일도 해가며 물건값을 저렴하게 구입했다. 구입한 물건들을 집에 갔다 두었다가 새벽이 되기 전에 난전으로 옮겨놓고 진희와 새벽 장사를 했다. 난전 자리를 못 잡을 것 같으면 밤 열두 시에 들고 나가 새벽을 기다렸다. 난전에서 집이 가까우니 장사하기에 딱 좋은 곳이다. 사람 죽으라는 법 없다고 장사밑천이 들어가는 것은 새벽에 팔 물건값만 있으면 하루 장사를 할 수 있는 셈이다. 석구는 아침 장사가 끝나면 곧바로 밭으로 달려가 날품을 파는 값으로 물건을 떼어 왔다. 물건값은 그보다 더 저렴하게 가져올 수 없는 가격으로 가져오면서 새벽에 찾아주는 손님에게도 싼 가격으로 팔았다. 생각 외로 장삿길이 터지고 있었다. 석구는 가격으로 승부를 내고 있었다. 여기에 따라올 사람은 아무도 없었다. 세상에 어떤 장사꾼이 물건값을 남들보다 싸게 판단 말인가. 석구의 물건값엔 낮에 밭에 나가 일을 한 노동력이 들어가 있다. 이것을 아는 사람은 오직 진희밖에는 없다. 채소장사는 먹는장사다. 매일 먹어야 하는 푸성귀를 석구는 잘 선택했다.

품목이 늘어남에 따라 장사에 방법도 받아오는 원산지도 달랐다. 너무 먼 곳은 운반비 때문에 가격이 맞질 않았다. 석구는 욕심을 내지 않고 가짓수도 늘리지 않았다. 채소류도 계절별로 다양했으나 꼭 갖다 달라는 품목 외에는 욕심을 내지 않았다. 손해 보는 장사도 있었다. 물건을 해다 놓고 새벽이 되기도 전에 비가 오는 것이 가장 고통스러웠다. 집이 가까우니 옮겨놓기는 하지만 물건을 소비하는 일이 문제였다. 물건값도 제값을 받을 수도 없었고 갖다 줄 곳이 어디에도 없었다. 어두운 새벽에 만나는 손님들이라 식당을 물어볼 시간이나 사람을 사귀는 일도 시간도 없었기 때문에 물건을 해다 놓고 비 올 때가 가장 고통스러웠다.

그럴수록 석구는 더 열심히 장사하는 방법을 찾아야 했다. 몸만 올라온 본인의 입장을 잘 알고 있었다. 불평 하나 없이 잘 따라주는 진희에게 늘 고마웠다. 힘이 들고 고단해도 진희는 잘 참아주었다. 석구는 비가 올 때 이리저리 자리를 옮겨 다닐 때마다 고향의 까치집을 생각했다. 까치는 바람 불고 비 오는 날 천둥·번개를 두려워하지 않으며 집을 짓은 이유를 차츰 깨달아 가고 있었다.

비가 올 때면 석구는 채소를 보따리에 싸 들고 식당마다 좋은 것만 들고 다니며 주문을 받아와 집에 있는 물건들을 종일 팔았다. 그렇다고 장사를 비 온다고 안 할 수도 게을리할 수도 없는 일이다. 새벽 장사는 부지런해야 할 수 있다. 석구는 잠이 좀 부족하면 낮에도 순간순간 눈을 붙였다. 누어서가 아니라 십 분, 이십 분 순간적으로 앉아서도 잠을 잤다. 난전이 좋은 것은 또 하나 있다. 새벽 장을 끝내고 낮에도 능력에 따라 장사를 하든 딴 볼일을 볼 수 있다. 석구는 비 올 때를 대비해서 낮에 제법 큰 식당들을 알아 놔야 했다.

새벽에 만나는 손님들은 단골로 할 수 없다. 시간이 없기 때문이다. 채소 시장만 보는 게 아니고 여기가 끝나면 곧바로 수산시장으로 가야 한다. 새벽 손님들은 바쁘게 움직인다. 우선 손님이 붙으면 단숨에 잡아야 한다. 말이 필요 없다. 빠르게 판단하고 줄 거야 말 거야 팔 거야 말 거야 하면 얼른 비닐봉지를 벌려야 한다. 한번 말 한 가격을 깎자거나 덤으로 더 달라는 말은 없다. 오히려 더 주면 이상하다. 잘못 판단하면 물건이 물이 안 좋은 인식이 가면 그냥 놓고 가버린다. 새벽은 아직 동트기 전이라 어둠이 깔려있다. 더 줄 필요도 없고 깎아 줄 필요도 없다. 손님 중에는 잠이 덜 깬 사람도 있다. 한번은 물건을 사고 돈을 주고는 지갑을 석구에게 내

주며 돌아가려 할 때 석구가 소리 질렀다.

"왜 나에게 지갑을 줘요?"

"그걸 그냥 갖지? 천만 원도 넘을 텐데?"

함께 온 손님이 말했다.

"싫으면 말고."

지갑 준 손님이 받아 챘다.

"농담이야. 잠이 좀 덜 깨서."

장난처럼 들렸다. 석구는 어이가 없었다. 고맙다는 인사도, 내일 또 오겠다는 말도, 많이 팔라는 인사도 없이 어둠 속으로 사라질 뿐이다. 분명한 것은 난전을 찾아오는 손님은 값이 다만 얼마라도 싸고 물건을 어둠 속에서 사도 손해 볼 게 없기에 잠을 덜 자고라도 새벽 장을 보는 것이다. 난전은 시끄럽지가 않다. 조용하고 사람들은 그림자처럼 움직이며 물건을 구입한다. 불빛이 없는 곳인데도 사람들은 용케 촉각을 곤두세워 자기 볼 일을 그것도 만족스럽게 물건을 골라서 가져간다. 새벽잠을 설치면서 달려온 손님이나 그 손님을 맞이하러 준비하는 상인이나 똑같이 돈 벌기 위해 노력하는 상인들이다.

석구는 날만 새면 돈을 벌기 위해서 머리를 써야 했다. 물건을 많이 쓰는 거래처를 찾아야 했다. 단순히 비 오는 날만을 위해서가 아니라 돈을 더 벌어야 하기 때문이다. 단골 식당을 잡을수록 물건을 나르는 기동력이 있어야 한다. 석구는 쓰고 있는 손수레를 바꿀 생각을 했다. 작아서 물건을 많이 실을 수가 없다. 큰 것으로 바꾼다 해도 밭에서부터 물건을 실어 오려면 거리는 줄 잡아도 10

킬로그램이 넘었다. 작은 거리가 아니다. 손수레에 물건을 싣기에 따라 다르겠으나 욕심만 내지 않으면 된다.

주문받은 물건 외에는 더 싣지 않고 팔 물건도 줄일 생각이다. 그는 손수레를 교체하기로 결정했다.

난전에선 누구 하나라도 손수레 위에다 물건을 놓고 파는 사람이 없다. 단일품목 하나만 가져왔어도 바닥에 내려놔야 한다. 옆에도 근처에도 화물차라든지 손수레는 물론 어떤 운반기구도 없다. 손님들은 어둠을 헤집고 다니기 때문에 옷에 걸려 다치기라도 하면 손님이 원하는 대로 해 줘야 한다. 그보다도 손님이 끊어지지 않을까 상인들은 고심초사(苦心焦思)한다. 석구와 진희에게는 없어서는 안 될 생활 터전인 셈이다. 손님이 오기 시작하기 전에 물건을 갖다놓고 손수레는 안 보이는 곳으로 치워야 한다. 특히 오늘 같은 날은 안개가 들어오고 있다. 새벽어둠 속에 안개가 스며든다. 사람이 다녀도 그림자처럼 보인다. 상인들이나 손님들은 할 말이 없다. 누군가 다가오면 바닥에 깔아놓은 물건만 가리키면서 '이건 얼갈이, 가지, 오이, 깻잎, 토란, 도라지, 부추 등이다. 필요하신 거.' 하고 조용히 말해줄 뿐이다. 가을 문턱이라 종류가 많다. 석구와 진희는 연신 지나가는 손님을 놓치고 있지만, 손님은 끝까지 갔다가 다시 돌아온다. 아마도 무엇이 오늘은 나왔나 구경부터 하고 난 후에 손님들은 어둠 속에서도 점 찍고 가는 것 같다. 상인들은 마주 보고 장사를 하고 가운데 통로는 차가 간신히 비켜 가는 도로다. 장을 보러 오는 손님들도 자가용이나 손수레를 갖고 들어오지 않는다. 새벽 장이 끝날 때까지는 서로가 조심하고 서로가 아껴주는 것 같다. 안갯속이라 난전이 길어지는 것 같으나 밤이 조금씩 길어지는 초가을이다. 안개가 끼는 날은 장사가 늦어진다. 석구와 진희는 가지고 온 물건들을 다 팔았다. 항시 남들보다 쉽게 물건들이 없어졌고 자리를 털고 바닥을 깨끗이 청소했다. 누구나 다 자기 자리는 깨끗하게 치운다. 내일도 또 오기 위해서다. 상인들은 물건들을 똑같이 가져오지는 않지만, 바닥에 내려놓고 보면 거의가 비슷한 물건을 팔고 있다. 철 따라 나오는 물건들은 비슷하고 한번 잘 사 갔다 싶으면 그 손님이 또 오는 경우도 종종 있다. 가장 우선으로 따지는 것은 물건도 좋아야 하지만 가격이 저렴해야 우선으로 달려든다. 손님들은 값이 싸다고 해서 누구한테도 말해주지 않는다. 자신들이 싸게 샀으면 본인들만 알고 다음에도 찾아온다. 또 와서 싸게 달라고는 절대 하지 않는다. 누구든지 싸게 팔기 때문에 손님들은 물건값이 싸다는 건 소문을 들었거나 출발할 때부터 알고 찾아오는 것이다.

진희와 석구는 오늘 장사를 마치고 자리를 일어났다. 동쪽에선 아침 햇살이 삐죽 올라올 무렵이다. 누구보다도 먼저 자리를 털고 일어날 때마다 석구는 진희의 손을 잡아주었다. 고맙고 대견한 마음에서였다. 혼자보다는 둘이가 힘이 덜 들었다.

손수레를 바꿔오던 날 석구는 깊은 잠에 빠졌다. 사용하고 있는 것보다 훨씬 더 큰 손수레는 물건도 몇 갑절은 더 실을 수 있었다. 석구는 새벽에 팔 물건을 떼러 손수레를 끌고 집을 나섰다. 도시에서 살아가려면 도시를 알아야 한다. 왕복 4차선 도로는 오가는 차들로 가득하다. 석구는 처음으로 큰 손수레를 끌고 차들 속으로 파고들었다. 이차선 도롯가로 손수레를 가슴으로 끌 때는 너무 빨라도 안 되고 너무 느려도 안 된다. 자꾸만 가까이 와 닿는 차는 택시들이다. 택시는 손님을 잡으려면 종종 도롯가로 붙을 수밖에 없다. 오토바이, 자전거가 석구를 막아 세웠다. 여기서 살아가려면 앞에 굴러가고 있는 모든 것들과 부딪치지 말고 양보하고 친해져야 한다. 석구는 가는 목적지를 알아내기까지는 빈 수레만 끌고 가면서 길을 익혔다. 이렇게 큰 손수레를 끌어보긴 처음이다. 겁을 먹어서는 안 된다. 도시 속에서 살아가는 법을 배워야 하고 인색한 도시인심을 비껴가야 했다.

석구는 파죽지세(破竹之勢)로 도시를 향해, 미래를 향해 질주하고 있다. 더 많은 차들이 오고 간다 해도 헤쳐 나갈 각오는 이미 되어 있었다. 도로 위를 걷고 있는 그의 발자국 소리는 걷는다기보다는 뛰고 있었고 지치지도 않았다. 힘이 솟아나고 용기가 생겼다. 희망이 넘쳐 나는 미래로 가고 있었다. 걸으면 걸을수록, 뛰면 뛸수록 석구는 불같은 힘이 솟아나고 있었다. 다음 신호에서 우회전이다. 포장도로를 조금 지나다 보면 외딴 양기와 집 몇 채가 보인다. 그 집에 비닐하우스 주인들이 살고 있다. 본래는 넷이서 밭을 갖고 있었다는데 밭농사보다는 비닐하우스 농사에 재미를 붙여 각자 한 동 한 동씩 늘리다 보니 지금은 수십 동을 만들게 되었고, 그것이 대단지로 형성되어 이제는 채소에 대한 실험까지 하는 첨단 비닐하우스 단지가 조성되었다. 그곳에서 나오는 채소, 과일 종류만 해도 여러 종류가 재배되고 있었다. 자신들이 직접 재배하면서 도매상을 하고 있다. 석구는 여기서 가끔 일이 있으면 일도 해주고 품삯으로 물건을 떼여다가 소매보다는 조금 싸게 난전에서 장사를 한다. 집 앞을 지나는 1톤 트럭이 다닐 수 있는 비포장도로가 비닐하우스 앞까지 들어갈 수 있게 닦아 놓았다. 하우스 앞에 세워두고 석구는 안으로 들어갔다. 손수레가 큰 만큼 물건을 가득 싣고 나왔다. 여러 종류의 물건에 따라 비닐하우스 동도 달랐다. 석구는 필요한 물건들이 있는 하우스 동을 정확히 찾아다니며 들고 나왔다. 그는 내일 새벽부터는 더 많은 물건을 팔아야겠지만 큰 식당에서 주문받은 물건들이 태반이었다.

그는 열심히 돈을 벌어야 했다. 석구는 맨주먹으로도 돈만 벌면 된다고 고집한다. 난전은 부지런하면 살 수 있다. 잠을 덜자면 낮에는 또 다른 계획도 할 수 있다. 처음에는 떼어오는 물건들의 양과 가짓수를 늘리지 않았지만, 장사의 맛을 알고부터는 욕심을 내기 시작했다. 받아온 물건들을 새벽에 다 팔아야 한다는 법도 없다. 새벽 장에서 해온 물건을 모두 판다는 것은 무리다. 새벽시장은 파는 시간이 짧기 때문에 오가는 손님을 단숨에 잡아야 한다. 구태여 잡을 필요도 없다. 사란다고 사는 것도 아니고 사는 사람들의 물건 보는 눈과 가격이 맞아야 산다. 어둠 속의 장사는 사는 사람이나 파는 사람 간에 소리 없이 흥정이 이루어지고 있다. 석구는 팔다 남은 물건은 집으로 가져가 아침을 먹고 손수레를 끌고 골목골목 다니며 소리를 쳤다.

"배추여! 무여!"

월말이 되었다. 석구는 통장을 진희에게 내밀었다. 통장에는 매달 천오백 원씩 찍혀 있었다. 석구는 매일 오십 원씩을 돼지저금통에 동전을 넣었다. 매월 말일이 되면 마을금고에 넣었던 통장이다. 하루 오십 원씩 계산했고 더 넣은 적도 없고 덜 넣은 적도 없다. 비가 오나 눈이 오나 빼먹지 않았다.

"언제까지 넣을 참이요?"

"오 년 동안."

석구가 대답했지만, 진희는 웃고 있었다.

"5년 후에 집 사겠네?"

석구와 진희는 배꼽이 빠져라 웃어댔다.

"아니야. 5년 후에 5백 원씩 또 5년을 매일매일 넣을 거야"

"5년이 끝나면?"

"5천 원씩 매일매일 5년을 또 넣을 거고."

"또 그다음엔?"

"매일매일 5만 원씩 5년이지."

둘은 같은 말을 하고는 허리가 부러져라 웃어댔다.

집 장만도 중요하지만, 진희가 아이 갖는 문제도 중요했다. 점점 나이를 먹어가기 때문이다. 전세방이라도 얻으면 아이를 낳을 거라고 약속했었다. 덕분에 자식을 갖는 건 점점 늦어져서 진희는 살고 있는 집을 전세로 돌리고 난 후에야 기철이를 낳았다. 석구는 열심히 돈을 벌어야 했다. 전세로 돌리기에 부족한 돈 때문이었다. 남의 가게에서 돼지 족발도 삶았다. 잠들기 전까지는 닭발집에서도 뼈를 발라냈다. 진희와 석구는 손발이 맞았고 바쁘게 살았다.

　용남이 덕분에 고단함도 잊었다. 석구와 진희는 내 집 하나 장만하는 것이 꿈이자 소원이었다. 삶의 목표를 내 집 마련에 두었다. 또 하나는 난전에서 시장 안으로 들어가는 거였다. 새벽 난전장이 싫어서가 아니라 4계절 내내 장사를 할 수 없기에 무리를 해서라도 시장 안으로 들어가야 했다.

　적은 돈으로 얻을 수 있는 가게는 시장통을 길게 가로질러 만들어 놓은 좌판들이다. 서둘러 좌판을 하나를 얻어야 했다. 진희도 새벽 난전을 나오게 할 수 없다. 용남이가 있다. 새벽바람에 더 이상 눈비를 맞게 해서는 안 될 일이다. 석구는 힘들게 좌판을 하나 얻었다. 시장통로에 앞줄과 뒷줄로 짜여있는 자리에서 상인들은 등을 맞대고 장사들을 하고 있다. 가게를 얻어놓고 석구와 진희는 얼마나 기뻐했는지 모른다. 비 오는 날에도 비는 맞지 않았다. 쏟아지는 비를 바라보면서 난전을 나가지도 못하고 물건을 끄르지 않고 발만 구르던 때를 생각하면 지금 시장통에 얻은 좌판 하나가 얼마나 고맙고 다행인지 모른다. 더구나 용남이가 자라면 비 안 맞고 들락거릴 수 있다. 석구는 세 식구가 어떻게든 이곳에서 뿌리박고 살아갈 것을 결심했다. 특별한 욕심 없이 평범하게 살아갈 뿐이다.

　자라나는 용남이를 어떻게 키워야 할지가 앞으로의 과제다. 용남이한테 큰 기대는 하지 않는다. 공부를 하겠다면 대학이라도 보내겠지만, 안 하겠다면 이 시장에서 장사나 해 먹고 살면 된다. 이 시장엔 장사로 성공한 상인들이 많다. 얼마든지 맘만 먹으면 하고 싶은 장사를 할 수 있다. 돈이 적어서 못할 뿐이지 저 할 탓이라고 석구는 늘 말했다.

그들은 고달프게 살아가면서도 언제나 가슴 한구석이 멍이 들어 있다. 그것은 양가 부모님들 때문이다. 마음은 늘 찾아가 뵈어야지 하면서도 한해 한해를 보낼 뿐이다. 몇 년이 흘렀어도 꿈도 꾸지 못하고 있다. 그것은 단지 형편이 나아지면 하고 미루어둘 뿐이다. 진희도 석구와 같은 마음이다.

그러던 어느 날 젊은이 하나가 노인 넷을 데리고 용남이네 가게를 찾아왔다. 젊은이는 석구의 친척 되는 사람이다. 노인 중 두 사람은 석구의 어머니, 아버지고, 다른 두 사람은 진희의 부모님이다. 부모들은 자식을 보자 끌어안고 울부짖었다. 석구와 진희도 자기 부모들을 힘껏 부둥켜안고 통곡하고 말았다. 몇 년 만인가? 도대체 무엇이 잘못되어 부모와 자식 간도 남몰라라 벽을 쌓아야 하는지 석구는 석구대로, 진희는 진희대로 눈물을 펑펑 쏟아내고 있었다. 좁은 시장바닥이 갑자기 사람들로 막혀 버렸다. 마침 지나가던 한국냉동 박 사장이 석구와 진희를 부모님들로부터 떼어놓고 사람들이 지나가게 하라고 권유했다. 석구와 박 사장은 부모님들을 집으로 데리고 갔다. 골목을 지나 부모님들이 대문으로 들어가는 뒷모습을 보고 있던 석구는 몸을 돌려 골목길을 내닫기 시작했다. 경찰한테 쫓기는 죄인처럼 골목을 빠져나갔다.

박 사장은 방문을 열고 여기가 용남이네 방이라고 가리켰다 거기엔 어린 애기가 잠들어 있었다. 강석구 아들이라고 하자 석구 어머니는 내 손주라고 끌어안았다. 진희 어머니 또한 외손주라고 함께 안았다. 젊은이와 두 사돈은 방으로 들어갈 수가 없었다. 방은 너무나 작아서 발 하나 들여 놓을 틈이 없었다. 그들은 하나같이 방이 너무 작고 두 개는 있어야 한다고 입을 모았다. 박 사장은 한 손으로 눈을 비비며 대문을 열고 나갔다. 한참을 달려온 석구는 나무를 끌어안고 울고 있었다. 부모님이 찾아준 걸 질책했다. 결혼을 못 하게 만든 것도 원망했다.

그는 과거에 얽매이지 않았다. 모든 걸 잊으려 노력했다. 슬픔보다는 다급한 현실을 극복해야 했다. 공원을 뒤로하고 돌아온 골목길로 다시 뛰기 시작했다. 그늘진 진희의 얼굴이 아른거렸다. 잠에서 깨어난 용남이 울음소리가 들렸다. 가게를 비워두고 집으로 뛰어가는 진희가 떠올랐다. 서둘러 가게로 오니 진희가 있었다. 석구는 빨리 집에 가보라고 진희를 떠밀었다. 석구는 가게를 잠깐이라도 닫아서는 안 된다고 생각했다. 팔다 남은 물건들을 정리해놓고 옆에서 장사하시는 아주머니한테 부탁을 했다. 그러고는 곧장 집으로 갔다. 집으로 오기를 잘했다고 생각했다. 진희는 용남이에게 젖을 물리고 있었고 어머니와 장모는 진희 옆에서 연신 말을 주고받았다. 석구 아버지와 장인 그리고 젊은이는 마루에 앉아있었다. 석구를 보자 진희가 말을 붙였다.

"저녁 준비를 해야겠어요."

"어떻게 집에서?"

석구가 당황하며 얼굴을 좌우로 저었다.

"식당은 안 돼요."

진희가 볼멘소리를 했다. 무엇이 안 된다는 말인가? 석구가 생각할 여유도 없이 진희는 하나하나 적어놓은 것을 읽어대듯 또박또박 말했다.

"숟가락, 젓가락, 오인분, 밥그릇, 국그릇, 오인분은 이참에 사고, 가게에 있는 상추, 부추, 마늘, 양파, 쑥갓을 다듬어 오면 되고 밥상하고 가스레인지는 안집에서 빌리고."

"좋은 생각이야."

석구가 만족해서 대답했다. 집에는 그릇이 없었다. 숟가락도 없고 진희가 좋은 생각을 했다고 석구는 기뻐했다.

"저녁은 우리가 사마!"

시어머니가 말했다.

"안 돼요. 어머니."

진희가 독살스럽게 대꾸했다. 서로 눈길도 주지 않고 보이지 않은 신경질이 오고 갔다. 시어머니와 며느리 사이에 처음으로 부딪친 쇳소리로 들렸다. 석구는 제발 이 자리에서만은 더 벌어지면 안 된다고 마음 졸였다. 옆에 있던 진희 어머니가 끼어들며 말했다.

"우리가 저녁 살란다. 진희야?"

젖을 먹이던 진희가 갑자기 기철이 입에서 젖꼭지를 빼 버렸다. 그리고 용남이를 바닥에 던지고 벌떡 일어났다. 그리고 자기 엄마를 눈을 동그랗게 뜨고 쏘아봤다. 석구가 얼른 손을 내저었다. 용남이가 자지러지게 울어댔다. 고개 숙인 진희가 아버지와 시아버지 사이를 헤집고 마루를 내려왔다. 석구가 앞장서 대문을 열고 그릇을 가지러 향했다. 석구는 아무 말도 하지 않았고 진희도 말

한마디 없이 뒤를 따랐다. 진희는 처음으로 맘에 드는 그릇만 골랐다. 밥사발, 국그릇, 숟가락, 젓가락, 그것도 두 색깔로 시어머니와 시아버지는 같은 색, 친정어머니와 아버지는 또 다른 색으로 골랐다. 프라이팬도 하나 사고 밥상도 큼지막한 것으로 골랐다. 이참에 우리 것도 고르자고 했지만, 진희는 고개를 좌우로 저으며 입을 다물었다. 석구와 진희는 사기로 된 밥사발 국 대접이 아니었다. 가스레인지를 집어 들었다. 가게에 들러 푸성귀를 이것저것 다 듬었고, 고깃집에 들러 삼겹살도 사 넣었다. 소주도 몇 병 넣으면서 작은 밀가루 한 봉지를 손에 들었다. 부추전을 부칠 참이다. 부추전은 진희 어머니보다도 시어머니가 좋아하는 걸 기억하고 있었다. 저녁 장을 봐 가지고 들어가자 부모님들은 점심 먹은 지가 얼마 안 되었는데 벌써 저녁 준비냐고 했지만, 진희의 속마음은 잘방이 없으니 천천히 많이들 잡수시고 막차라도 타시고 내려가셔야 한다는 계산을 안 할 수가 없었다. 마루는 저녁상과 식구들로 가득했다. 진희는 부추전을 부쳐 시어머니한테만 올려놓았다. 시어머니가 흐뭇하게 웃으며 말했다.

"며눌아야, 너 말하는 것 봐서는 다신 안 오려고 했다만 손주 때문에 와야겠다?"

"예, 어머님. 오셔야지요. 아까는 죄송했어요. 앞으론 안 그럴게요."

진희가 고개 숙여 잘못을 시인했다.

"식당에서 먹은 것보다 열 배는 낫네요."

진희 어머니가 끼어들자 진희가 눈을 찔끔 하며 신호를 보냈다.

식사를 하면서도 모두 마음들은 가게에 가 있었다. 술을 먹다 말고 진희 아버지가 말했다.

"강 서방, 가게는 접어놓고 온 건가 아니면 어찌하고 왔나?"

"아닙니다. 옆에 아주머니한테 부탁하고 왔어요."

석구가 장인한테 공손히 대답했다.

"그렇겠지. 접으면 안 되지. 오늘 장사가 아직 안 끝났으니까."

석구 아버지도 안다는 듯이 거들었다.

젊은이는 석구와 진희를 형님, 형수님이라고 불렀다. 여기까지 찾아오게 된 것은 자기 친구가 이곳 시장을 잠깐 들렀다 형님을 봤는데 시간이 없어 인사도 못 하고 그냥 왔다는 소리를 듣고 아저씨 아주머니한테 말씀드렸더니 수십 차례 부탁하셔서 이왕이면 양가 부모님 함께 가시자고 해 날 받아서 왔다고 젊은이가 공손히 석구와 진희를 보며 머리 숙여 말했다.

"고마워 동생." 석구는 다정하게 동생이라고 불렀다. 석구 아버지가 고모의 아들이라고 하자 석구는 이제 기억난다며 반가워했다. 젊은이가 집에 내려가 할 일이 있다며 어른들을 쳐다봤다. 어른들은 그 말이 떨어지자 서두르기 시작했다. 노인들을 모시고 버스 터미널로 가겠다고 말했다. 영란이가 뛰어나가 젊은이에게 차비를 주었다. 석구와 진희는 양가 부모님들이 웃으며 떠나는 것을 보고 고맙고 흡족했다. 부모님들도 용남이가 태어난 것을 대견해하며 반갑게 말씀하셨다. 꿈같은 하루였다. 숨어 살아온 지난 일을 부모님들 앞에 모두 드러내 보였다. 석구와 진희는 시원하고 죄스럽고 쑥스러운 감정이 들어 양가 부모님들께 빌었다. 석구는 결심했다. 앞으로 20년 후면 용남이가 스무 살이다. 그 해엔 꼭 집을 사겠다고 용남이 옆에서 진희와 약속을 했다.

차후에 들은 이야기지만 진희 어머니는 진희가 숟가락도 없는 집에 시집갔다고 또 한 번 다투고 난 다음에 얼마 이따 사돈 사이는 다시 사과하고 손주가 용남이 말고 또 있느냐며 훌훌 털고 잘 지낸다는 소식을 들었다, 석구와 진희는 행복했다. 그날 저녁 한국냉동 박 사장이 부모님들 가시는 걸 봤다면서 장사 끝나고 막걸리 한잔하자고 석구를 불렀다.

"박 사장님, 오늘 수고 많으셨습니다. 정말 감사합니다."

"박 사장이라 하지 말라니까. 형님으로 부르라고. 내 동생이 하늘로 올라갔으니 석구가 동생이라고."

"제가 감히 어떻게 형님이라고 부르겠어요?"

"그래, 알았네. 그럼 난 이만 가볼라니까."

"아닙니다. 그렇게 하겠습니다. 형님."

박 사장이 화를 내고 술자리에서 일어나겠다는데 어찌할지를 몰랐다. 석구는 급한 마음에 형님 해 버렸다. 침묵이 흘렀다. 둘은 잠시 고개를 숙이고 술잔을 쳐다봤다. 한냉(한국냉동) 박형체 사장은 석구를 이곳으로 오는 날부터 따뜻한 눈빛으로 대해주고 있었다. 석구 입장에서는 시간이 갈수록 박 사장의 도움을 받을 수밖에 없었고 은연중에도 석구는 자꾸만 부탁하게 되어 어렵게 대하는 입장이었다. 박 사장은 특히 이곳 시장에 대해 잘 모르는 부분을 자세히 설명해주었다. 석구는 아무것도 가진 게 없는 빈털터리에다 아는 사람도 없는 떠돌이나 다름없었다. 그에겐 건강 하나만이 전 재산이었고 부지런과 근면성이 전부였다. 자신이 생각해도, 내일이라도 도망가면 그만인 강석구를 동생으로 부르고 싶다니 천만다행이고 고마울 뿐이다. 그런 석구를 알면서도 접근을 하고 있고 서로의 가정사도 조금씩 털어놓고 의논도 해보는 사이가 되었다, 나이도 위였고 인생의 여러 면에서 경험도 많아 석구 입장에서는 과분한 형님인 셈이다. 형님이라고 부르기엔 턱없이 부족한 동생이라고 누차 말했으나 박 사장한테는 씨도 먹히지 않는 소리가 되고 말았다.

박 사장은 연탄불에 석쇠를 올려놓고 꽁치를 소금에 뿌려가며 석쇠를 엎었다 제쳤다 굽고 있었다. 석구는 오늘 낮에 양가 부모님이 오신 모습을 보고 박 사장이 술자리를 말했으니 시골 분들의 모습이 어떠했으리라 짐작하고도 남을 일이다. 석구나 진희는 얼마나 황당했는지 모른다. 노인들이 들이닥쳐 울고불고 시장바닥이 초상난 사람들처럼 난리를 쳤었다. 마침 박 사장이 지나갔으니 망정이지 시장 길은 막히고 사람들은 구경거리라도 보는 것처럼 가다 말고 구경하고 있는데 자식과 부모 사이를 떼어놓고 어른들을 집으로 모실 생각을 박 사장은 어떻게 했을까? 석구는 감지덕지할 뿐이다. 바로 집으로 오는 바람에 막혔던 길은 트였고 석구 집으로 부모님들과 함께 갈 사람이 박 사장 말고 이 시장에서 또 누가 있겠는가. 석구는 고맙기가 이루 말할 수가 없었다. 둘은 막걸릿잔을 부딪치며 시원하게 한잔을 마셨다. 오늘 있었던 일들을 하나하나 들어가며 고마웠다고 말할 수밖에 없었다. 마음속에 접어 넣고 박형체의 얼굴을 쳐다볼 뿐이다. 석구는 지글지글한 꽁치를 떼어

형체 앞으로 올려놓으며 "감사합니다. 형님." 했다. 박형체는 석구에게는 현실적이고 들어 보지도 못한 좋은 말들을 해 주었다. 석구 입장에선 밥상머리에 뿔이 하나 붙은 것뿐인데 누구보다도 더 용남이를 걱정해주는 사람이 알고 보면 박 사장이었다.

집에다 재워놓고 둘 다 나가 장사를 할 수는 없는 일이라며 만약 아이가 집에서 자다 깨면 혼자서 울어 댈 텐데 그렇다고 언제 깰지도 모르는 아이를 시장으로 안고 나갔다가 좌판에 올려놓고 장사를 할 수도 없지 않으냐는 것이다. 용남이가 파는 물건과 같이 있으면 안 된다는 뜻이다. 아이를 키우며 장사하는 게 보통 어려운 일이 아니니 할머니가 두 분 중 한 분을 모셔다 놓아야 한다는 이야기다. 문제는 노인이 거처할 방이 없는 게 큰 문제고 당장 방 두 개 있는 곳으로 이사하면 용남이 할머니 방 하나 쓰고 세 식구가 하나 쓰면 딱 좋은데, 방값이 만만치 않을 거라고 박 사장은 석구를 쳐다봤다. 석구가 펄쩍 뛰며 급하게 말했다.

"사글세에서 전세로 돌린 돈도 그냥 있습니다." 어머니 한 분을 모신다는 건 말도 안 되는 소리라고 석구가 혀를 내 둘렀다.

"시골 형편이 되면 부모님께 이럴 때 돈 좀 부탁해 보는 게 어떤가?"

"전혀 씨도 안 먹히는 소리입니다. 아무것도 없습니다. 세 식구가 함께 살고 있는 거 떼어 놓지만 않은 것도 천만다행입니다, 형님."

"무슨 소리야 동생은 딴 배 자식인가?"

"천만에요 형님!"

석구가 펄쩍 뛰며 손을 내저었다.

용남이가 엉금엉금 길 때가 가장 위험하다고 했다. 기면서 아무거나 입에다 집어넣는 것은 어린아이 본능이고, 뜨겁고 차가운 것도 모르면서 입에다 마구 댄다고 했다. 한 마디로 정신없이 입에 집어넣을 때가 위험한 시기고 그 시기를 부모가 잘 키워야 할 것이며 뜨거운 밥그릇, 국그릇, 주전자를 만져도 되는지 안 되는지도 모르며 잡아당기는 것은 더욱 위험하니 그때는 어린아이 옆에 항시 사람이 붙어 있어야 한다는 것이다. 그러다 더 중요한 것은 아장아장 발을 떼어 놓을 때 첫발이 중요하다며 어린아이가 이 세상에 첫 출발을 내딛는 순간이기에 걸음마를 잘 시켜 다리에 이상이 없게 길러야 다리 하나라도 까닥 잘못되면 부모 입장에서 얼마나 상심이 크겠냐고 말했다. 두 살, 세 살짜리가 가게에서 왔다 갔다 하는데 시장에는 얼마나 많은 사람들이 다니는데 그중에 자식 없는 사람의 눈독을 피할 수는 없는 일이라고 했다. 다시 말해 아이를 집어갈 수도 있다는 말이다. 시장에서 아이들을 가끔 잃어버렸다는 방송을 듣지 않느냐고 박형체가 말했다. 석구는 두 눈을 번득이며 막걸릿잔을 비워버렸다. 놀란 사람처럼 석구가 다그쳐 물었다.

"형님, 어찌하면 좋지요?"

석구가 물었으나 박 형체는 막걸리만 따를 뿐이다.

"좀 더 깊이 생각해 보고 물어보게나."

"깊이 생각하고 말 것도 없습니다. 이건 심각한 문제인걸요."

석구는 자기 입장을 이야기했다. 지금 처지로는 장사도 해야겠고, 용남이도 길러야 하고, 돈도 벌어야 빌린 돈을 갚는다고 했다.

"돈은 어디서 빌렸지?"

"마을 금고에서요."

박형체는 자기가 너무 현실적으로만 말했다며 대화를 그만하려 했으나 석구는 해결할 수 있는 답을 형체는 알고 있을 거라 생각하고 마구 덤벼들었다.

"형님, 살려 주십시오!"

"동생, 그런 말이 어디 있어? 본인이 현실을 잘 정리해서 풀어나갈 생각을 해야지?"

"분명한 것은 형님하고 돈거래는 죽어도 안 합니다. 하면 형제가 끊어지니까요."

"동생 입장에서 가장 중요한 게 무엇인가를 결정해야 한다고."

"용남이지요. 용남이 때문에 돈도 벌려 하고요."

"그렇지. 동생한테 가장 중요한 건 용남이지. 4~5년은 용남이한테 신경을 써야 돼."

"어찌하면 좋겠습니까?"

"시장 안에 얻은 좌판 가게를 집어치우면 어떤가?"

"가게를요?"

"그래. 그리고 혼자서 장사를 해?"

"어떻게요?"

"손수레를 끌고 다니는 것은 너무 힘든 일이고 1톤 화물차를 한 대 사서 물건을 싣고 다니며 채소장사를 하면 어떤가?"

석구와 박형체가 평시에 내비쳤던 의형제의 결의를 노골적으로 다짐하는 순간이었다. 석구는 형님 말씀이 옳다며 하찮은 놈을 동생으로 맞아주고 깨우쳐 주신 말씀들은 모두가 가문의 영광이라고 땅바닥에 엎드려 공손히 절을 했다. 석구 입장에서도 한꺼번에 두 마리 토끼를 혼자서 잡으려는 욕심은 버려야 한다면서 형체는 석구를 의자 위에 앉혔다. 술이 많이 취했느냐고 물었다.

"견딜 만합니다."

"동생, 한 병 더 할까?"

"해야죠. 제가 누구 동생입니까?"

"그래, 누구 동생인가?"

"박형체 형님의 동생입니다."

"그렇지, 고맙네. 석구 동생."

"고맙기는요. 고마운 사람은 형님이 아니고 이 동생 강석구입니다."

석구는 오늘처럼 바쁘게 보낸 적은 한 번도 없었다. 이렇게 행복할 수가 있을까 마음이 설렜다. 몇 년 만에 양가 부모님 만난 것도 꿈만 같았고 용남이를 보고 좋아하시는 부모님들을 보니 더할 나위 없이 행복했다. 석구는 일어나 막걸리병을 두 손으로 공손히 부었다. 진심으로 형님으로 모시기로 마음속 깊이 다짐했다. 형님의 의사에 따를 맘으로 입을 열었다.

"형님 말씀대로 가게는 처분한다 하더라도 화물차를 사가지고 돌아다니며 장사를 하라는 말씀인데 솔직한 말로 서울 지리도 잘 모릅니다. 갈 곳을 알지도 못하고 무턱대고 헤맬 수도 없고요."

"동생, 면허증은 있나?"

"예, 있습니다. 제대하고 바로 땄습니다."

"됐다."

"형님, 무슨 좋은 생각이라도?"

석구가 힘주어 물었다.

"사람에 모든 일은 마음먹기에 달렸다. 죽고 사는 거, 먹고사는 거, 돈 버는 거, 장가드는 거, 자식 기르는 거, 부모한테 효도하는 거, 모든 일거수일투족(一擧手一投足)이 마음이 가고 생각이 있어야 그다음 행동으로 옮긴다는 말이다. 가까운 예로 동생이 제수씨와 결혼식도 없이 살림을 차린 것도 동생이 그렇게 하겠다고 마음을 먹었으니까 한 거지 누가 시켜서 한 거냐고, 생각을 먼저하고 행동하고 그다음 일은 하늘에 맡기는 걸세. 하늘에 맡기라고 해서 교회를 나가라는 것은 아니고 물론 나도 교회를 안 다니지만 무조건 저지르고 보는 거야. 무슨 일이고 저지를 수 있는 용기, 다시 말해 마음을 움직일 수 있느냐가 중요하다는 말이다. 동생, 남자는 오늘 살다 내일 죽어도 하면 한다, 안 하면 안 한다, 확실한 가부를 낼 줄 알아야 하고, 한번 뱉은 말은 하늘이 두 쪽 나도 하고 마는 것이 남자다 그런 말이다. 내가 이제 하는 이야기지만 동생이 부모에 반대도 무릅쓰고 도망 나와 용남이 낳고 죽기 살기로 살아가는 모습이 참 아름답게 보였다. 그렇게 이를 물고 살다가 하늘로 간 것이 바로 내 동생이야. 그놈도 그렇게 죽을 놈은 아니었거든. 너무 고집이 세고 남의 말을 전혀 듣지를 않다가 변을 당한 거야.

형이 그렇게 말리면 말을 들었어야 했는데 다시 말해 사람은 자기 생각이 다 옳고 다 맞을 수는 없어. 왜냐하면 인간은 향시 모순덩어리고 완전한 동물이 아니라는 거지. 남의 말도 들을 줄 알고 양보하고 겸손하고 상대방을 기분 나쁘지 않게 처세하는 것이 살아가는 데 최상이고 특히 장사는 인간과 인간 사이에서 이루어지니 대인 관계가 중요하다는 말이다. 지금까지 내가 하고 있는 말을 이해할 수 있겠니, 동생은?"

"하고 말고요, 형님. 저도 고등학교는 나왔구먼요. 방법만 조금 알면 밀어붙이는 성격입니다."

"그렇지 그 용기가 중요하지. 그러면 내가 그 방법을 말해 줄 테니 들어 보겠나? 좀 이야기가 긴데?"

"아닙니다. 형님 길수록 좋습니다. 내일이 석구한테 종말이 온다 해두 말씀해주십시오. 형님."

석구는 듣고 싶었다. 시장바닥에서 몇 년을 살아오면서 인간적으로 대화한 적은 한 번도 없었다. 더구나 형님, 동생 하면서 생각지도 못했던 일들을 이렇게 폭 넓게 말해주었다. 각박한 현실 속에서 보잘것없는 빈털털이를 살려주려 하다니 석구는 눈물이 흘렀다. 엉엉 울고 싶었다. 막걸리병을 들었으나 형체는 술잔을 치워버렸다. 그만하겠다는 박 형체가 아버지같이 보였다.

"화물차 살 돈은 있나?"

"예! 있습니다."

"가르쳐 주면 내 말대로 할 수 있겠니?"

"하겠습니다. 형님."

석구한테는 돈이 없다. 없어도 있다고 했다. 형체 말만 듣고 하겠다고 했다. 석구는 지금 입장으로는 아무런 대책이 없기 때문이다. 오직 끈이라곤 힘없는 진희와 용남이가 있을 뿐이다. 그들은 비록 나약하지만, 석구에겐 강한 힘과 용기를 넣어주는 활력소이다. 석구는 용남이와 진희를 끔찍이 사랑한다. 박형체는 석구가 외롭고 쓸쓸한 사람이라고 생각하고 있다. 지금은 너무나 바쁘고 육체적 정신적으로 고달프기 때문에 느끼질 못할 뿐이다. 언제나 혼자로 보였다. 석구 얼굴엔 항시 어두운 그림자가 있었다. 시선을 집중하며 생각하는 모습이었다.

형체의 형은 채소 장사를 이십 년 가까이 하다 미국에 사는 자식이 불러 부부가 아주 건너가 버렸고 동생은 죽었다. 삼형제에서 가운데 형체만이 홀로 떨어져 사는 실정이다. 그에게는 동생 하나가 꼭 필요했다. 마음에 드는 형이든 동생이든 사귀고 싶었다. 석구만 하더라도 몇 년을 지켜보고 있던 참이다. 멀리서도 가까이서도 견제하며 수없이 관찰을 해왔다. 어느 땐 부탁도 해보고 부탁을 들어주기도 했었다. 몇 년이 지난 뒤 지금에서야 형님 동생 하기를 서둘렀다. 오늘은 석구 부모도 봤고 진희 부모도 보았으니 석구네 가족을 다 본 셈이다. 석구의 성격도 원만하고 형체한테 대하는 처세도 모나지 않았다. 여러 해를 두고 보아왔지만 요동하지 않고 꿋꿋하게 살아가고 있었다. 형체는 그의 사정을 손바닥에 올려놓고 보고 있었다. 평시에도 형체는 석구가 형편이 어려울 때 형으로서 도움을 주었으면 하던 차에 오늘 기회가 온 것이다. 이참에 형으로서 존재를 확고히 해볼 속셈이다. 미국으로 건너간 형이 하던 난전터를 알고 있다. 채소 장사 몇 사람이 형이 하던 난전터에서 장사를 해 봤으나 손님이 한 사람도 나오지 않는다는 것이다. 결국은 그 작은 난전터는 쓸모없는 빈터가 되어있다. 형체는 가끔 형이 장사할 때 도와주러 갔었다. 그러나 지금은 고객이 없는 쉼터가 되어버렸다. 손님이 오지 않는 텅 빈 난전에 석구를 넣을 생각을 하고 있다. 사람이 오지 않는 빈터를 살리는 방법을 형체는 어렴풋이나마 짐작하고 있었다. 그것은 형이 장사하면서 수없이 데리고 가 일을 시켰기 때문이다. 장사하면서 손님과 농담한 것도 형은 다 기억했다. 형이 장사가 끝나고 나면 말이 많다고 혼이 났던 기억도 있다. 형은 이해할 수 없는 장사 방법으로 오랜 세월을 보내며 손님들과 물건을 주고받고 돈을 벌었다.

그곳에 석구를 넣고 장사를 시도하려는 계획이다. 그러나 석구에게는 첩첩산중이었다. 먼저 1톤 화물차가 있어야 하고 운전을 가르쳐야 한다. 그뿐만이 아니고 장사하는 방법을 가르쳐야 하고 보이지 않은 손님도 다시 오게 해야 한다. 장사하는 방법이란 어디에서 물건을 가져다 팔 것이며 집 안에 있는 고객을 어떻게 끌어낼 것인가? 말은 했지만, 앞이 캄캄할 따름이다. 이런 줄 알았으면 그때 형한테 혼나 가면서라도 장사하는 방법을 배워놓지 못한 게 후회되었다.

"형님, 그러면 가게를 먼저 집어치우고 1톤 화물을 사겠습니다."

석구가 서둘렀다.

"안 돼, 지금은."

형체가 완강히 말했다, 말뜻을 분명히 이해하라고 했다. 가장 중요한 것은 결정 난 것이 하나도 없는 상태라는 것이다. 이 어렵고 복잡한 상황을 용남 엄마는 절대로 이해를 못 한다고 했다. 깊이 생각한 다음 다시 이야기하자고 했다. 매사가 마음과 뜻대로 되지 않는다고 강조했다. 둘이서 심사숙고(深思熟考)해야 된다고 석구한 테 또 한 번 당부를 했다.

"동생, 이번 이야기 건에 대해서 어떤 말이고 행동도 내 말없이 는 아무에게도 말하지 않겠다고 약속할 수 있는가. 또 하나 각오 할 것은 용남 엄마한테는 일언반구(一言半句)도 말 한마디 안 할 것 을 확실히 맹서할 수 있겠나?"

"예, 형님 말씀을 틀림없이 명심하겠습니다."

"알았다. 그렇게 알고 오늘은 고만하자."

형체와 석구는 술자리에서 일어났다.

오늘 하루를 기다려온 형체는 마음이 날아갈 것처럼 가볍고 기 뻤다. 몇 년을 유심히 관찰하며 석구를 주시해 왔었다. 잘한 일인 가, 못한 일인가는 앞으로 해야 할 일에 달려 있지만, 너무 막막하 기만 했다. 한 가지 확실한 것은 형체 자신이 얼마만큼 노력하느냐 에 따라 석구가 동생으로서 따라오느냐 그렇지 못하느냐가 달려 있다고 생각했다. 석구한테는 세 식구의 살아가는 생존 문제가 걸 려있는 일이다. 잘못 인도하였다가는 커다란 낭패를 볼 수도 있기 때문이다. 형과 동생으로서 의리가 있고 서로가 서로를 신뢰할 수 있는 사이가 되어야 한다. 석구가 살아가는 길을 섣불리 유도했다 가는 씻지 못할 화를 불러올 수도 있는 일이다. 형체는 석구가 오 로지 자기 말을 들어만 준다면 성공시킬 수 있다고 자신했다.

서로 모르는 남남이 만나 그 속은 서로가 모른다. 더구나 나이 들어 만나는 사이가 되고 보니 고개를 숙여주고 말을 들어 준다는 것이 잘될 리는 없을 거라고 걱정도 했다. 형체의 친동생도 그렇게 말을 안 듣더니 실패한 일로 해서 자살하고 말았다. 그러나 겁만 먹으며 세상을 살아갈 수는 없는 법이다. 차분하게 계획하고 실천할 것을 형체는 스스로가 천명하고 있었다.

의형제를 확실히 한 이후로 형체는 석구를 조심스럽게 마음속으로 주시하고 있었다. 약속대로 그날 했었던 이야기들을 아무에게도 발설하지 않기를 석구한테 기대할 뿐이다. 특히 용남 엄마한테만은 말해서는 안 될 일이다. 현재하고 있는 좌판 가게라든지 용남이를 키우는 일 등은 석구가 살아가는 생활방식을 한꺼번에 흔들어서는 안 될 일이다. 다행한 것은 직업 직종을 바꾸는 것이 아니라 현재 하고 있는 장사를 그대로 연장하되 장사하는 방법이 다를 뿐이다. 형체 생각대로만 따라 준다면 석구를 성공시킬 수 있다고 형체는 또 한 번 자신을 해본다. 석구 혼자서 장사를 한다면 용남이는 진희가 돌보면 될 것이고 할머니 한 분을 모셔오는 일도 없을 것이다. 현재 하고 있는 가게 보증금으로 1톤 화물차를 할부로 뽑을 수 있다. 그러면 화물차는 해결된다. 아니면 중고 화물차를 할부로 뽑는다면 부담은 적어질 것이다. 형체는 석구가 금전적으로나 심적 부담을 덜어주는 데 신경을 쓰고 있다. 시내 주행연습을 할 때는 한국냉동에서 쓰고 있는 1톤 화물차로 주행연습을 하기로 했다. 운전연습만 숙달된다면 얼마 동안은 헛걸음이 되더라도 장사를 화교동에서 시도할 것을 계획했다. 그곳 사람들에게 장사를 하겠다는 신호를 보내는 셈이다. 처음에는 물건을 떼여오고 팔러 가는 코스를 연습하면 된다. 석구의 운전 실력을 숙달시키는 것은 그리 어렵지 않았다. 함께하다가 완전 익숙해지면 혼자서 끌고 다니면 된다. 운전이야 계속하면 되겠지만 장사를 어떻게 해야 하는가가 가장 큰 관건이다. 일단은 시작하고 봐야지 겁을 내서는 안 될 일이다.

　형체 형은 물건을 가락동 도매시장에서 갖다가 화교동에다 팔았다. 화교동에는 부유하지 않은 평범한 중국 화교인들이 밀집해 산 지가 오래된 곳이다. 그곳 주위에는 시장이 없다. 그들은 소비하지 않으려고 그런 곳으로 몰린 것 같은 느낌이 들었다. 모두가 한국말을 하고는 있으나 재미난 이야기나 중요한 말은 모두 중국말로 하고는 박장대소도 한다. 화교동은 기찻길에 아주 가까이 붙어있다. 기차는 필요할 때만 지나가는 화물 철길이다. 항시 철로는 붉게 녹이 나 있었다. 철길 바로 아래가 난전인데 난전이라고 말할 수도 없는 불과 이삼십 미터에 화물차 옆문, 뒷문을 열고서 물건이 담긴 박스를 화물차 뒤로 길게 양쪽으로 내려놓고 손님을 기다리는 초라한 곳이다. 여름장은 아침 6시에, 한겨울 장은 7시에 시작하고 두 시간 정도면 끝이 난다. 형체는 형의 부탁으로 물건이 많을 때는 따라가 돌봐 주었다. 그 당시 형이 형체를 둘째 동생이라고 한 두 사람한테 소개도 했었다. 장 보러 나오는 아주머니들은 거의 노인들이다. 많이 나올 때는 삼사십 명도 되지만 장을 보려는 사람보다 구경을 하거나 어떤 물건이 필요하다고 부탁을 하는 사람이 더 많았다. 형이 장사를 그만둔 지가 이 년이 되었다. 사라진 난전을 다시 살려 석구에게 줄 계획이다.

당분간은 물건을 적게 가져와 장사를 다시 한다는 것을 알려야 한다. 남은 물건은 골목을 다니며 장사를 할 수도 있지만, 옛날 장소를 살리려면 오전만 잠깐 있다 나오는 습관을 보여 줘야 한다. 남은 물건은 시장에 있는 석구네 좌판 가게서 팔면 된다. 가장 중요한 것은 단 하루도 빠져서는 안 된다는 것이다. 비가 오나 눈이 오나 항시 갔다 와야 하며 이튿날 못 나올 시는 팔면서 못 나온다고 말을 해 줘야 뒷말이 없다. 한번 시작하면 그만둘 때까지 매일 나와야 그들은 인정하고 신용한다. 형체 형도 그렇게 했었다.

화물차 운행코스는 매일 같은 길로 했다. 갈 때는 형체가 몰고 가고 올 때는 석구가 몰고 오는 것으로 연습했다. 석구의 운전 실력은 점점 능숙해졌다. 이튿날은 석구가 먼저 핸들을 잡고 나중에는 형체가 잡았다. 늘 코스대로 도매시장에서 물건을 해 가지고 화교동에서 아침 일찍 들렀다 오는 코스다.

형체는 자기 형이 장사하던 방식대로 똑같이 했다. 도매시장 구석구석도 열심히 찾아다녔다. 주로 배추, 무, 파, 가지, 호박, 열무, 오이, 계절별 과일, 고구마, 감자, 마늘, 고추, 부추, 깻잎, 나물 종류 등… 적게라도 사과 박스나 라면 박스를 이십 개 이상 만들어 차에 실었다. 화물차를 세워놓고 꽁무니에서부터 박스를 철길 따라 길게 좌우로 내려놓는다. 이삼십 미터로 드문드문 놓고 배추와 무는 차에서 내려놓지 않고 화물칸 옆 뒷문을 열어 놓으면 된다.

손님이 오면 먼저 비닐봉지를 한 장씩 뜯어갈 수 있도록 양쪽 백미러에다 비닐 봉투를 달아놓았다. 손님은 봉지를 뜯어 들고 좌우를 살피면서 밑으로 내려갔다 돌아서 올라오고 말하지 않아도 알아서 자꾸만 빙빙 돈다. 형체는 차와 물건과 떨어져서 앉아 있다 손님이 비닐봉지에 물건을 담아 와서 형체한테 보여준다. 그러면 형체는 비닐봉지에 손을 넣어 확인은 절대로 안 한다. 보여준 그대로 얼마를 부르면 손님은 돈을 내고 형체는 잔돈을 내어 주면 한 손님하고의 계산은 끝난 것이다. 손님들은 비닐봉지에 물건을 들고 길게 줄을 서서 앞사람이 계산이 끝나기를 기다린다.

형체는 앉아서 돈을 받는다. 손님들한테 싸여 얼굴을 볼 수가 없다. 형체가 돈을 받을 동안 석구는 빈 박스 정리와 물건 정리를 했다. 배추와 무는 손님이 원하는 개수만큼 비닐봉투에 넣어 주면 된다. 석구는 돈을 받지 않는다. 계산은 형체 형님한테 하라고 일러준다. 손님들은 배추나 무는 핸드 캐리어를 가지고 와 계산이 끝나면 싣고 간다. 소소한 밑반찬 채소류가 많은 편이다. 계산하는 줄이 끝나면 형체와 석구는 부지런해 박스를 싣고 그곳을 빠져나왔다. 또 다른 쉼터에 도착하면 돈 계산을 해본다. 석구는 형체가 장사하는 방법을 이해하지 못한다. 들어온 돈에다 남아있는 물건을 도매가격으로 계산해서 합친 금액이 오늘 장사한 금액이다. 원금에서 마진이 남아야 하는데 원금까지 까졌다. 남은 물건을 소매로 판다 해도 손해 본 액수에는 어림도 없다. 형체는 자기 형이 하던 장사 방식 그대로를 따라 한 것이다. 밑져야 본전이 아니라 밑지고도 손해 본 셈이다. 손님들은 바보가 아니다. 물건 가격은 더 잘 알고 있다. 장사하는 사람들이 분명히 손해 본 것도 알고 있다. 그러나 손님들은 말하지 않는다. 그 대신 이웃 사람들을 더 데리고 왔다. 형체 또한 말하지 않는다. 손해는 날망정 손쉽게 갖고 온 물건을 두 시간도 안 걸려 다 비웠다. 빈 박스만 싣고 나간다. 집에 가서 형체와 석구는 쉼터에서 계산한다. 형체가 손해 보면 손님은 싸게 산 것이고 형체가 이익금이 남았으면 손님은 제값에 산 것이지 형체가 돈을 더 받은 것은 아니다. 손님은 비닐봉지 속에 들어있는 물건을 계산할 때 일일이 하나하나 확인하고 계산을 한 것이 아니기 때문에 손님은 항시 더 가져가는 것으로 생각하고 있을 거다.

형체는 형이 한 말을 떠올렸다. 그리고 그 말을 석구와 같이 행동할 것을 다짐했다. 형이 그랬다. 말을 하지 마라. 인사도 하지 마라. 항시 미소로 표정관리를 해라. 행동으로만 보여주라. 물건을 팔려고 하지 마라. 더 주지 마라. 덤은 좋아하지 않는다. 비닐봉지 속에 들어있는 물건이 더 가져간다고 생각하지 말라. 형의 말은 모두가 그들에게 믿음을 주는 말이라고 했다. 그들은 한국말을 잘한다. 그들은 우리에게 말을 하지 않는다. 그들이 필요한 것만 선택할 뿐이다. 무엇을 담았는지 정확히 알 수가 없다. 잘 안 보인다고 두 손을 벌리면 한 번 더 보여준다. 한번 보고 한 번에 가격을 말하면 계산은 끝이다. 손님은 깎아 달라거나 비싸다거나 물건이 안 좋다느니 하는 이는 없다. 아무 말도 하지 않고 그냥 돌아간다. 아마도 한 집안 식구처럼 생각하는지도 모른다. 비싼 듯싶어도 너도 남아야 벌어먹고 살지 하는 식이다. 형체는 10일째 장사를 했어도 계속 손해만 보고 있다. 석구가 계속 적자만 보고 있고 형체는 석구 맘을 넘겨다봐야 할 때라고 생각했다. 지금까지 손익을 물어본 적도 없이 돈 자루를 계산만 해서 넘겨줬다.

"동생 3일만 더 내가 돈을 받을 테니 3일 후엔 동생이 받아 봐?"

"예."

석구는 아무 말 없이 대답만 했다. 형체는 마음속으로 석구의 속마음을 읽어야 했다. 형으로서 동생을 망하게 하려고 하고 있다고 생각하지는 않은가? 계속 밑지는 장사만 하다가 자기가 못 하겠으니까 이젠 넘겨준다고 생각하지는 않은가? 아니면 형이라는 우월감 때문에 없는 돈 뻔히 알면서 석구 속을 뒤집어 보려고, 동생이 손해 보면 어떻게 나오나 보려고, 아니면 석구가 얼마 동안이나 버티나 동생에 마음을 떠보려고, 아무 말도 없다고 형을 우습게 여길지도 모른다고 형체는 생기는 자격지심을 어찌할 바를 몰랐다. 당장이라도 둘 사이에 속마음을 터놓고 대화를 해야 한다고 결심했다.

형체는 자기 차에 기름을 넣고 석구를 태워 도매상으로 물건을 떼러 갔다. 물건값은 석구 돈이다. 화교동에 가서 오전 장사를 하고 나면 그날 하루는 석구와는 끝난다. 남은 물건은 석구네 좌판으로 옮기고 차는 형체가 가져간다. 빈터에서 계산을 해보면 석구는 또 손해 보고 장사한 것이다. 형체는 석구가 얼마를 손해 보는지 대충은 알고 있다. 그러나 석구한테 손해 본 장삿속을 묻지도 않았다.

형체는 3일 동안 장사를 더 했다. 석구가 말했다.

"형님, 일주일 만 더 해 주세요. 그러시면 열흘을 더 하시는 셈입니다."

"왜?"

"도저히 엄두가 나질 않고 자신이 안 생기네요."

"그래, 일주일 후에는?"

"일주일이 끝나는 다음 날부터는 제가 하겠습니다."

형체는 더 이상 말을 할 수가 없었다. 석구가 왜 속마음을 솔직히 실토를 안 하는지를 생각해야 한다.

분명 열흘 넘게 적자를 봤는데 일주일을 더 적자를 보겠다는 뜻이다. 그렇다고 석구 마음을 떠보겠다는 언사는 절대로 해서는 안 된다고 형체는 다짐한다. 형체는 계속 손해 보는 장사를 하고 있다. 가난뱅이 석구가 얼마나 속이 탈까?: 그렇다고 형체는 말 한마디 안 하고 매일 적자만 보는 현실 앞에 충실할 뿐이다. 형체는 자기 사업은 오전을 접고서라도 석구와 장사를 나갔다. 석구는 별말이 없다. 얄미울 정도로 석구는 향시 미소를 하고 있다. 형체는 석구한테 미안한 마음이 있어도 아무 말도 하지 않았다.

형체는 석구의 마음속을 헤집어 봐야 한다고 생각했다. 석구가 말한 일주일이 쏜살같이 지나갔다. 일주일 동안도 장사는 적자가 난 것도 사실이다. 내일부터는 석구가 장사를 시작해서 물건값을 말하고 돈을 받고 거스름돈도 내줘야 한다. 형체는 말 한마디 안 하고 내일을 기다린다. 오직 말 안 하는 석구의 얼굴에 뒤집어쓴 하회탈을 벗고 진실된 참모습을 찾아내야 한다. 엄격히 말해서 장사하는 방법을 가르쳐 줬으면 자기 장사는 자기가 해야지, 형체가 계속 같이할 수는 없는 일이다. 적자를 알면서 계속 손해 보고 장사를 하라고 할 수는 없는 일이다. 확실한 것은 형체 형은 화교동에서 돈을 벌었다. 석구의 생각을 헤아리지 않을 수가 없다. 형체가 물건값을 잘못 말했거나 거스름돈을 잘못 내줄 수도 있지 않은가. 제대로 물건값을 말하고 돈을 계산했다면 돈은 남아야 장사다. 벌써 이십 일을 적자 보고 장사하는 형을 어떻게 생각하는지 장사에 욕심이 없다면 여기서 그만둔다는 생각은 하는지 안 하는지 석구가 생각할 때 형이 장사를 잘못하거나 남은 돈을 다 내놓지 않거나 적자 보는 이유를 가슴에 담고 오해할지도 모른다고 형체는 생각이 들었다. 석구는 매번 적자를 보고 있다. 그런데도 비웃듯이 미소만 짓고 있다. 석구는 형한테 할 말이 많을 거라고 형체는 결론했다. 적자 보는 장사를 계속 같이한다면 형을 바보 아니면 석구를 망하게 할 사람이라고 생각할지도 모른다. 형으로서 도와주려고 장사를 해준 것인데 말 한마디 안 한다는 것은 잘못이라고 형체는 판단했다. 내일부터는 석구가 장사를 한다고 했으니 시원하게 이야기나 하고 이쯤에서 혼자 장사를 나가라고 석구의 의중을 들어보고 싶었다.

　형체가 꽁치를 석쇠에 올려놓고 소금을 뿌렸다. 소금 타는 냄새와 연탄 냄새가 코로 들어왔다. 형체는 굳어진 얼굴에 어두운 모습을 하고 입을 꼭 다물고 있었다. 석구가 소주병을 따서 두 손으로 잔을 올렸다. 형체는 받아 단숨에 넘겼다. 형체가 병을 받아 석구 잔에 부었다. 석구도 두 손으로 받아 원샷을 했다. 석구가 꽁치를 발라 형체 앞으로 밀었다. 꽁치로 젓가락이 가면서 형체가 무겁게 입을 열었다.

"동생은 장사가 매일 적자 보는데도 웃음이 나오는가. 항시 미소를 짓고 있으니 말야?"

"형님, 저는 웃음이 없는 놈입니다. 형님께서 얼굴 표정을 웃은 모습으로 항시 하라고 하셨습니다. 저도 고역스럽게 매일 표정관리를 했는데요?"

형체가 웃고 말았다.

"결국은 내 말을 듣느라고 지금도 미소하고 있는가?"

"당연하지요. 어느 때는 울상을 하면서도 입은 웃고 있었습니다."

형체가 소리쳐 웃었다. 분위기가 처음 생각과는 백팔십도 바꼈다. 형체는 마음속에 누적된 말들을 토해냈다.

"동생, 적자 많이 봤지?"

"조금은 봤습니다."

석구는 형체 속을 드려다 보고 있었다. 어떤 말이 나올 거라는 생각을 예측하는 것처럼 조금도 기분 나쁜 기색 없이 대답해 주었다. 형체는 자기 형이 화교동에서 돈을 벌었다는 이야기를 하면서 이십 년 가까이 그곳만은 하늘이 무너져도 하루도 빼놓지 않고 다녔다고 말했다. 어떻게 해서 돈을 벌었냐고 전화로 여러 번 물어봤다. 그때마다 형은 말해 줘도 모른다며 적자를 안 볼 때까지 계속 적자를 보면서 본인이 터득해야만 된다는 것이다. 하루도 빠지지 말고 자리를 지켜야 하고 말로는 설명할 수 없다고 했다. 듣고 있던 석구가 형체 형님이 마음고생이 많으실 거라고 말했다. 그렇다고 가격을 부를 때 비싸게 부르면 손님은 떨어질 것이고 장사가 안 되면 어찌하나 고민하셨을 테니 심적 고생이 크셨을 거라고 형체의 의중을 들여다보고 있었다. 형체는 석구가 하는 말에 정이 가고 고마웠다. 형체 또한 화교동 장사는 자기 형처럼 혼자서 해야 오는 손님이 확실하게 믿는다고 했다. 둘이 하면 한 사람은 감시하는 느낌을 주기 때문에 혼자서 있는 물건을 다 훔쳐 간다고 해도 괜찮다는 인식을 그들에게 줘야 한다며 파는 쪽이나 사는 쪽은 서로 믿고 하는 장사라는 생각을 서로 가져야 된다고 했다.

"동생, 지금까지 함께한 장사가 매일 적자만 나는데 그 이유가 어디 있다고 보는가?"

석구는 선뜻 말하지 않았다.

"파는 사람 입장에선 어떻게든 손님을 나오게 하려고 가격을 약하게 불렀기 때문인 것 같습니다."

형체는 그렇게 말해주는 석구가 고맙기는 했으나 형의 마음을 너무도 의식한다고 생각했다.

"그리고 또?"

"아직은 그들과의 믿음이 약한 것 같습니다."

"맞은 말이야. 그래서 혼자 가야 한다는 말이라고."

"저는 이제까지 몇 사람이나 나오는가를 대충 세어 봤습니다. 처음엔 사람이 없었지만, 아침 운동 나오는 분도 있고 해서 이십 명은 더 되었으니 소문이 자꾸 퍼지는 것 같습니다."

"사람을 일일이 세어 봤다고?"

"아닙니다. 매단 비닐봉투를 매일 세어 봤지요. 뜯겨나간 봉투로 대략 사람의 숫자를 비교했습니다"

석구가 대단한 계산을 하고 있다고 형체는 생각했다. 찾아오는 손님을 대략 짐작하면 도매상에서 물건 준비도 조절할 수 있을 것이다.

"이제까지 적자 본 건 어떻게 보상하지?"

"그건 적자가 났지만 흑자를 위해 어차피 투자해야 될 물건값이라고 생각합니다."

대답을 들을 적마다 형체는 놀랄 수밖에 없었다. 이제까지의 형체 생각과는 전혀 다른 석구의 모습을 발견했다. 형체는 마음이 안정되었다. 석구가 속이 좁거나 이해심이 없을 거라는 생각은 잘못된 생각이었다.

"동생, 어떻게 하면 적자를 안 보고 장사를 할 수 있겠나?"

"그건 저도 모릅니다. 분명한 것은 믿어야 한다는 것과 비닐 봉투 속의 물건값을 어떻게 적절하게 부르느냐에 장사의 손익이 좌우된다고 생각합니다. 그들의 기분을 즐겁게 하는 가격 말입니다."

형체의 머리 위로 미국에 있는 형의 얼굴이 지나갔다. 석구가 자기 형하고 똑같은 말을 하고 있었다. 형체는 생각지도 못했던 말을 하고 있었다. 석구는 장사꾼이라는 것을 알았다. 안심되었다. 오늘은 이야기를 더 이상 길게 할 필요가 없었다.

"동생, 차 키 여기 있어. 내일 아침에 끌고 가게."

형체는 차 키를 소주잔 옆에 꺼내 놓았다.

"예, 형님! 어제 차 한 대 구입했습니다. 형님 차하고 같은 거고요. 연식이 오래됐지만, 전체 칠이 되어 있고 중고 할부로 최대로 길게 하니까 매월 불입금액도 적고요. 화물칸을 받침대를 세워 호로를 씌웠고요. 호로는 밑에서 양쪽 끝을 말아 올리면 안의 물건이 다 보입니다. 그러느라고 형님한테 일주일만 더 부탁드린 겁니다. 좌판가게는 접었습니다. 진희는 용남이만 키우기로 합의했고요. 화교동은 강석구 인생의 두 번째 난전입니다. 하늘 같은 형님이 주신 석구의 일터이고요. 혼신을 다해 우리 가족 생계의 터전으로 만들겠습니다. 감사합니다. 형님!"

형체가 소리 쳐 웃으며 반갑게 석구의 어깨를 안았다.

"그렇지, 그래. 역시 석구는 내 동생이다."

둘은 진정한 마음으로 형제의 인연을 재확인했다.

집에 돌아온 석구는 밤잠을 설치며 형체의 말을 하나하나 다시 떠올려 기억해냈다. 석구가 살고 있는 현실을 한 치 오차도 없이 정확히 이야기해 주었다. 그것도 석구로서는 생각도 못 했던 좋은 말들이다. 용남이를 제대로 키우려면 진희가 옆에 있어야 하는 것은 정확한 말이다. 시장 좌판 가게를 정리하길 정말 잘했다고 생각했다. 앞으로는 진희가 뭐라 하던 계획대로 할 것이다. 갖은 힘을 다 쏟아서 화교동 난전을 살려야 한다. 난전으로 사람들을 끌어내야 한다. 몇 년 전만 해도 형체 형이 이십 년 가까이 장사를 했다면 화교동은 충분히 승산이 있다고 계산했다. 장사를 할 수 있는 방법을 화교동에서 터득해야 한다. 이미 그곳에서는 매일 적자를 봐가며 투자하고 있다. 장 보러 나오는 사람들이 사오십 명만 나와 준다면 기대해 볼 만하다. 만약 매일 이십 명 정도가 장을 봐간다면 충분히 희망이 있는 곳이다. 석구는 화교동에 생사를 걸어야 한다고 다짐했다. 지금은 적자를 보고 있지만 적자 폭을 줄여야 한다. 그런 다음에는 마진이 있어야 장사라고 볼 수 있다. 장사는 천 원을 보고 천 리를 간다는 말과 같이 남는 장사를 하기 위해서는 이천 리, 삼천 리를 가겠다고 석구는 다짐했다. 가장 힘든 장사는 뭐니 뭐니 해도 검은 비닐 속에 들어있는 물건값이 얼마인가를 근사치만이라도 말할 줄 알아야 적자를 면할 게 아닌가. 적자 보는 장사를 하면 할수록 나오는 사람은 많아졌다. 팔수록 적자 폭이 커져갔다.

석구는 이 사실을 형체한테 의논할 수밖에 없었다.

"형님, 사람이 제법 많이 나와요."

"마진은 좋은가?"

"웬걸요. 팔면 팔수록 더 손해지요. 어느 물건은 떨어지자마자 내일 또 가져오라고 난리들이지요."

"동생 안 나갈 수도 없고 큰일 났네?"

"안 나가긴요. 그럴수록 더 열심히 다녀야지요."

"며칠만 기다려 보게. 내게도 생각이 있어?"

"알겠습니다. 형님. 너무 답답해서 전화한 거고요. 이 순간이 고비인 것 같습니다."

"알았다. 석구 동생."

석구 전화를 끊고 난 형체는 이 엄청난 사실을 고백이라도 하듯 어두운 거실에서 미국에 있는 형한테 전화를 걸었다. 또 한 번 형체는 의형제 맺은 동생을 형님이 하던 자리에 넣고 계속 적자만 보고 있는데 피해 나갈 방법은 없냐고 애원했다. 비어 있던 자리에 다시 사람이 몰려나오는 것은 여러 달을 두고 적자를 보고 팔았기 때문이라고 건너 쪽에서 들려왔다.

형체의 형은 그 사람들한테 손해 본 만큼 그들 속에서 장사를 해야 본전을 찾을 수 있다고 했다. 자기도 처음엔 1년 넘게 적자를 봤다며 힘이 들더라도 투자해서 버텨가고 손해 안 보는 장사 요령을 터득해야 된다는 것이다. 인내를 가지고 화교동을 하루도 빠져서는 안 된다고 강조했다. 손님은 많이 나오는데 저렴한 가격으로 줄 물건이 없다면 그 물건을 찾기가 만만치 않다는 것이다. 그러나 그런 물건을 찾을 곳은 도매시장밖에는 없다고 했다. 다니고 있는 시장 북쪽 맨 끝 담벼락을 유심히 보면 지방에서 올라와서 차떼기로 덤핑하는 차나 사람이 간혹 있는데 물건을 잘 보고 선택해서 사다가 팔면 가격을 맞힐 수 있다고 했다. 예를 들어 총각무 한 트럭을 밭에서 갖고 올라왔다가 이틀이나 삼 일이 지나도 안 팔면 무 잎이 시들어버린다. 싱싱하게 보이지 않아 상품으로서는 가치가 없으나 손질해서 소금에 절이면 시든 거나 안 시든 거나 담그는 데는 같다며 보기에 시들어서 가격을 저렴하게 살 수 있으니 그것을 사다가 화교동에 풀면 좋아들 할 거라고 했다. 화교동 사람들은 총각무 담기를 좋아하고 값이 저렴하면 다섯 단, 열 단씩도 사간다고 알려줬다. 물건 가격을 도매가격보다 저렴하게 사는 방법은 덤핑 물건이라고 형체 형이 가르쳐 주었다. 형체는 형님한테 한 가지만 더 알려 달라고 매달렸다. 사가는 사람이 비닐봉지를 열어주면 가격을 금방 말했는데 어떻게 그 속에 들어있는 물건을 손을 넣어 헤아려 보지도 않고 가격을 매길 수가 있냐고 형체가 물었다. 그는 자기 경험으로 보아 가장 어렵고 힘든 것이 가격을 말하는 것이라고 했다. 하루 장사가 남느냐 적자 보느냐 하는 중요한 순간이라고 했다. 열어준 비닐봉지 속을 들여다볼 때 첫 번째 보이는 것이 얼마짜리라는 계산이 나오면 부피를 보고 봉지 밑을 손바닥으로 살짝 들어보고 부피를 기준으로 해서 가격을 말하는 것인데 하루 이틀에 되는 것이 아니고 수없이 그 사람들과 부딪혀 가며 얼굴빛, 눈빛, 표정을 살펴서 계산을 일이 초 내에 결정하는 일인데 한두 달에 되는 일이 아니라고 말했다. 만약 봉지에 손을 넣으면 그들은 나를 무시한다는 표정이 금방 얼굴에 나타나 당황하게 된다고 했다. 형체는 형이 하는 말을 잘 이해가 가지 않았다. 결국은 부딪혀서 깨우치는 길밖에는 없다는 소리다. 형이 하던 자리를 다시 살리겠다고 하자 형체 형은 지금이 총각무 철이니 내일 나가 보고 화교동에서 버티는 길은 그들에 자존심, 더 나가 민족성, 우리가 따라가기 힘든 검소한 생활은 높이 평가할 부분도 있다며 그들은 큰 소리 치지 않고 서로 야유하지 않고 기뻐도 슬퍼도 무표정하다, 형체 형은 그들과 이십 년 가까이 지내온 사이라 친구처럼 이웃처럼 지냈다는 형의 말을 끝으로 전화를 끊었다.

밤 서리를 뒤집어쓴 가을 채소가 줄을 지어 서울 도매상으로 들어오고 있었다. 형체는 도매시장 이곳저곳을 기웃거렸다. 그의 속셈은 덤핑 물건을 찾는 일이다. 지금 들어오는 차들은 싱싱한 물건으로 가득가득 차있다. 덤핑 대상이 될 수 없다. 형체는 형에게 들은 대로 북쪽 맨끝 담벼락을 오르내리며 서성거렸다. 그때 한 사람이 덤핑 물건을 찾느냐고 물어왔다. 형체가 웃으며 다가갔다. 강원도에서 올라온 총각무라며 오늘 아침에 팔았으면 제값을 받았을 텐데 조금 더 받으려다 때를 못 맞추어 제값을 못 받으니 싸게 주겠다는 것이다. 형체는 그 남자를 따라 물건을 가보았다. 그가 말한 대로 총각무 잎은 모두가 시들어있었다. 차를 가져와 사겠다고 했다. 석구한테 전화를 걸어 물건을 찾았으니 도매상으로 오라고 연락했다. 형체는 한 단에 얼마씩 계산해서 산 게 아니고 전체를 반값으로 계산했다. 차 두 대로 옮겨 실을 때는 무 다발을 정확히 헤아렸다. 절반 값도 안 되게 매입한 셈이다. 형체와 석구는 한 차씩 가득 싣고 도매상을 나왔다. 각자 자기 차에 실려 있는 총각무 단을 계산했다. 한 단에 얼마씩 팔면 소비자도 싸게 사고 마진도 볼 수 있게 계산을 뽑았다. 석구가 계산해도 소비자는 거저 가지고 가는 물건값이다. 총각무를 싣고 화교동으로 향했다. 석구차는 그냥 세워두고 형체 차 뒷문을 열어놓고 사람들이 나올 시간을 기다렸다. 사람이 나오자 형체가 총각무 가격을 말하며 오늘은 화교동 사람들 총각김치 담그는 날이라고 소리쳤다. 분명하게 말하는 것은 싱싱한 거나 시든 거나 소금에 절이면 마찬가지라고 떠들어 댔다. 사람들이 알아들었는지 소리 없이 한 줄로 서서 다가오고 있었다. 손님이 몇 단 하면 형체는 주황색 타래 끈을 바닥에 굴려놓고 묶어주었다. 석구는 옆에서 돈을 받고 거스름돈을 내주며 팔기 시작했다. 총각무를 단으로 파는 것은 계산하기가 좋았다. 시간이 지나자 소문을 들어서인가 사람들은 핸드 캐리어나 보자기를 갖고 나와 20단까지도 사가는 사람이 있었다. 누구는 늦게까지 있으면 또 사러 올 것이니 기다리라고 했다. 오전 장사는 화교동에서 하기로 했다. 손님은 계속 드문드문 나왔다. 둘은 모처럼만에 처음으로 기분 좋은 장사를 했다. 점심때가 넘어서야 물건이 거의 다 팔렸을 때쯤 석구와 형체는 화교동을 나왔다. 석구는 차에 남아있는 물건은 갖다줄 데가 있다면서 기뻐하고 있었다.

형체는 형이 말해준 지난날 화교동에서 장사한 경험을 석구한테 귀가 닳도록 말해주었다. 덤핑 물건 취급하는 것도 다른 종류도 있으니 도매상은 수시로 가보는 것도 참고하라고 했다. 형체는 어떻게든 석구가 손해 보는 장사가 되지 않기를 빌고 있었다. 끈기를 가지고 화교동을 지켜나간다면 자연히 장사하는 방법도 터득되고 손해 본 만큼 그 이상으로 흑자도 볼 수 있다고 용기를 주었다. 석구는 형체의 한 마디 한 마디를 모두 가슴에 새겨 넣었다, 그 덕분에 석구는 10년이 넘게 화교동을 지키고 있다.

온갖 방법으로 머리를 써서 화교동 사람들과 가족같이 이웃처럼 지내고 있다. 그들은 석구를 믿어주었다. 석구를 믿어버린 화교동 사람들은 비닐봉지에 넣어온 물건값을 더 받든 덜 받든 가격에 연연하지 않고 오히려 넉넉히 받아 돈 벌라고 자기들끼리 대놓고 석구한테 말해주는 이도 있었다. 그런 사람은 물건을 많이 더 준 것처럼 생각되었다. 처음 이 년은 적자도 보고 고생도 했지만, 지금은 이렇게 편하게 장사할 수 있는 곳은 어디에도 없을 것이라며 석구는 형체를 머릿속에 떠올렸다. 하늘을 쳐다보며 또 한 번 형님 하고 고마워했다. 석구는 고생한 이후에는 손해나는 장사는 하지 않았다.

　진희와 약속대로 작은 내 집 마련을 하려고 비가 오나 눈이 오나 열심히 벌어 그렇게 소원하던 집 장만의 꿈도 멀지 않았다고 장담하고 있었다. 사람이 사람을 믿는다는 것은 참 중요했다. 적자 나고 힘든 생활도 믿음으로 해결했다. 믿고 사는 것은 아름다운 일이다. 믿고 난 다음에 즐거움과 행복이 있다는 것을 석구는 터득하고 있었다. 믿는 것보다 더 좋은 것은 없었다. 석구는 화교동 사람들을 사랑한다. 인생을 긍정으로 받아들여 가며 믿기로 했다. 석구는 오늘도 화교동 난전을 힘차게 달려가고 있다. 이제부터는 제발 믿고 살자고 외치면서.

노숙로의 메아리

1

그들은 어디에 있든 해가 지면 잠자리로 돌아간다. 날이 밝으면 일어나 먹을 것을 찾고 종일 무엇인가 찾아내려 하고 궁시렁거리며 하루를 시작한다. 거리 잠을 자는 노숙인들은 저마다 특성이 있고 서로 다른 사연을 간직하고 있다. 그들의 사연을 무턱대고 무시할 수만은 없다. 그들의 깊은 사연을 알려면 그들과 겪어보면 짐작이 간다. 노숙인 모두가 다 그런 것은 아니다. 어쩌다 거리에서 만나 마음이 맞을 때도 있지만 거의 서로가 서로를 믿지 않는다. 믿어서 좋을 것은 없다. 만났다 헤어지고 도망치고 그들은 만나는 사람들을 믿으려 하지 않고 가까이하기조차 꺼린다.

그들은 입이 있다. 입으로는 말을 해야 하지만 대화를 할 사람이 없다. 대화할 대상이 있다고 보면 그들에 말만 들었지 대답해 주지는 않는다. 그들은 스스로 말을 하고 스스로 대답을 해야 한다. 대답이 없으면 대화는 끊어진다. 대화를 하려면 열심히 말하고 끝없이 대답한다. 낮에는 해를 보고 하늘을 보고 구름을 보고 날아가는 새들을 보고도 대화를 하고 지나가는 고양이 보고도 이야기한다. 이야기가 시원치 않으면 땅바닥을 헤집고 두드리며 깔고 앉아 발버둥 치며 이야기를 계속한다. 밤잠이 안 올 때면 달을 보고 하소연하고 달이 없으면 별을 보고 은하수를 보고 마음을 달래며 이야기한다.

어느 한 시점에서는 자신을 발견한다. 초라한 자신위 모습을 찾아낼 때 지난날이 회상되면 반성하고 후회도 한다. 설움이 복받치면 울어버린다. 자신을 달래며 울지 말라고 자신을 사랑하며 다독여 주기도 한다. 그러고는 지금 현실이 어떠냐고 물어도 본다. 현실은 살만하다고 큰소리로 고집한다. 그러다 지난날의 한 맺힌 일들이 떠오르면 잘못된 것들을 자기 것으로 기꺼이 하나하나 합리화시킨다. 실토를 거듭하다 보면 없다. 없다가 있을 것도 같다. 있을 거야 하다가 허약하고 지친 영혼은 있다. 있어 존재하는 것으로 바꿔놔야만 속이 편하고 바꿔 놓고 나서야 성공한 것으로 판단한다. 그들은 결국 없는 것을 있는 것으로 결정한다.

명태는 처음에 우라늄은 없다가 맞았다. 그러나 지금은 있다로 결정했다.

정태는 항구를 만들려고 구상을 했다. 시드니, 나폴리, 부에노스 아이레스 같은 항구를 가보고 싶었다. 가보지도 못한 채 아버지가 물려준 파밭에다 세계적인 항구를 만들겠다고 망상에 빠지고 말았다. 그들은 또 있지도 않은 노숙로를 만들었다. 어느 때는 없다고 하다가도 노숙인들의 길이 있다고 고집하며 지껄여 댄다. 노숙인들이 가고 있는 지금 이 길이 노숙인의 길인데 왜 그들은 없는 길을 또 있다고 만들어 놓고 그 길에서 고집스럽게 대화를 하는지 모르겠다. 그들이 대화하는 모습을 스치는 사람들은 실성했거나 미쳤거나 아니면 좋게 말해서 모노 드라마를 하고 있다고 생각할 수밖에 없다. 그들은 또 제발 미쳤다고 생각하지 말라고 애원한다. 우리는 같은 민족 같은 종자라고 부르짖는다. 스치는 사람들은 그들에 말을 듣지도 못하고 이해하려 하지도 않는다. 그냥 한마디로 미쳤다고 결론 내버린다. 그렇게 말하는 사람들이 먹다 만 해장국 찌꺼기를 받아먹을지언정 지나가는 사람들을 욕하지는 않는다. 그들은 우리와 같이 함께 살고 있고 살아가야만 하는 우리의 이웃이다.

길여는 문학에 미쳐 어릴 적 꿈을 늙어서까지 가지고 다닌다. 결국은 이루지 못하고 나무에 목매 죽을 것을 각오한다. 어느 나무에 목을 맬까 하다가 이 세상 어딘가에 문학 나무가 존재할 거라고 마음을 굳힌다. 그 나무를 찾으러 노숙로에 갔다가 정태를 만났다. 마음속에 그 나무가 있다고 정태로부터 깨닫게 된다.

길여는 지금도 문학의 끈을 놓지 못한다. 명태는 우라늄이 있다고 고집한다. 정태는 망상중에 시달리고 있다. 길여 역시 죽을지도 모르는 노숙의 길을 가면서도 이 세상에서 제일 슬픈 소설을 남겨 놓겠다고 소리친다. 그들은 거의 혼자 다닌다. 함께 몰려다니는 짓은 하지 않는다. 모든 걸 혼자 해결하고 생각하며 행동한다. 지하도에서도, 외로운 길모퉁이에서, 가로등 밑에서, 비를 피하는 어느 집 처마 밑에서 몸을 떨며 고독한 날들을 자처하고 있다. 그들을 위로해 주는 이는 아무도 없다. 그들은 위로를 받지도 않고 하지도 않는다. 다만 오늘 하루가 가고 내일이 온다는 사실 앞에 절망과 시련이 널려있을 뿐이다. 자신의 고집과 아집(我執)을 지상의 최고로 내세운다. 살아있다는 자체가 지금 자기 자신일 뿐이다. 누구의 동정이나 도움도 원하지 않는다. 어차피 세월은 가고 있고 자기 자신들을 누구도 인정해 주지 않는다 해도 그들은 힘껏 소리친다. 나는 나라고 세상을 부러워하지도 않고 어느 것도 욕심을 내지도 않는다. 원하고 바라는 것은 없다고 힘껏 소리쳐 보지만 돌아오는 메아리는 없다.

우리는 분명히 우리에 길이 있다고 그 길에서 깨우치고 느끼며 반성한다고 그들이 구구절절이 외쳐대는 목소리에 메아리가 대답하길 원하고 있다. 혼자만 떠들어대는 그들의 목소리에는 미쳤다는 말밖엔 듣지 못한다. 수 없이 들려오는 메아리는 자신의 몸속에서만 넘쳐날 뿐이다. 그 메아리는 자신들에 몸을 때리고 부수고 짓밟아 버린다. 정태, 길여, 명태는 몸속으로 돌아온 메아리 소리를 들으며 희비애락(喜悲哀樂)에 잠긴다. 그들은 웃고 있다. 스치는 사람들은 손가락질해댄다. 모두가 미쳐 있다고.

"별 하나 나 하나. 별 둘 나 둘."
멍석에 누워 얼마를 세었는지 밤하늘이 가물거렸다.
"아~ 입 벌려 꼭꼭 씹어 먹어라."
엄마의 목소리가 들렸다. 미당은 모깃불을 피우느라 풋풋한 풀냄새와 쑥 타는 냄새는 연기가 되어 후덥지근한 여름 밤공기를 휘젓고 있었다. 엄마 곁으로 굴러가 무릎을 베고 또 다른 별을 셀라치면 엄마는 인절미에 설탕을 꾹꾹 묻혀 한입 또 한입 넣어주었다. 그러곤 물었다.

"너, 이 세상에서 제일 큰 새가 무슨 새인지 아니?"

"참새, 제비, 음~ 뜸북이."

"이년아, 그런 거 말고 더 큰 새?"

"알았다 황새다. 엄마 하얀 황새가 논바닥에 앉을 때는 무지 크지. 그치 엄마?"

"아! 입 벌려 꼭꼭 씹어 먹어?"

설탕을 찍어 질겅질겅 씹어 먹는 인절미 맛에 침을 한번 삼키고 꼴깍 넘겨버렸다.

"엄마, 이 세상에서 제일 큰 새가 뭔데?"

"웅, 그건 먹새란다."

"먹새가 뭐야?"

"밥을 입으로 먹으면 목구멍으로 넘어가지요, 바로 목구멍이 먹새란다."

엄마는 웃으며 내 목을 자지러지게 간질였다.

"그럼 내가 새라고? 내가 어디 새야. 사람이지. 훗훗, 엄마 나 인절미 또 줘?" 입안에 가득 인절미를 넣고 별 아흔 나 아흔, 멍석을 구르며 맛있게 씹어 삼켰다. 잠에 취한 목소리로 별 아흔아홉 나 아흔아홉, 별 백 나 백, 그러다 잠이 들었다.

다리가 후들후들 떨린다. 이제 겨우 숟가락과 냉면 대접을 집을 차례다. 그래도 앞에는 열 명도 넘게 줄을 서 있다. 그녀는 자꾸 밥 푸는 아줌마 얼굴을 넘겨다본다. 밥이 다 떨어지지 않을까, 국이 다 떨어지지 않을까 조바심에서 오는 불안감이다.

"별을 세면 뭘 해. 엄마도 없고 인절미도 없는데, 별 천 나 천, 젠장 줄 안 서면 안 되나. 이쪽에 와서도 주면 되지, 꼭 한군데서만 줘야 되나."

그녀는 투덜대며 두 손으로 배를 틀어쥐고 몸을 꼬고 있었다. 벌건 대낮에 별을 세다 말고 유난히 배고픈 점심을 위해 밥 타는 순서가 거의 다 들어간 줄 끝에 서있다. 오랜 노숙으로 한 끼 때우는 것은 습관이 되어 있으나 이틀을 굶고 난 그녀는 줄을 서서 기다리는 순간에도 허기를 참기 힘들 정도로 고통스러웠다. 그녀는 냉면 대접에 밥을 받았다. 콩나물국 한 국자와 절인 무쪽 몇 개를 집어넣고 두서너 발자국 걷고는 땅바닥에 주저앉았다. 사람들은 여기저기 아무 데나 앉아서 주린 배를 서둘러 채웠다.

말할 것도 없이 거의가 노숙자들이다. 그녀는 점심 한 끼를 위하여 멀리서 소문을 듣고 처음으로 이곳을 물어물어 찾아왔다. 맨 끝줄부터 기다리는 시간이 길어지자 옛날 엄마한테서 맛있게 배불리 받아먹던 인절미를 떠올렸다. 아주 어릴 적 엄마하고 옛날이야기도 했었다.

아빠는 여름밤 모깃불을 피워놓고 마당에는 멍석을 깔아놓았다. 멍석 위를 굴러다니며 별을 세다 배가 고프면 엄마 무릎 위에서 입에 넣어주는 인절미를 먹었다. 어린 시절이 환상처럼 떠올라 기다리는 지루함 속에서도 눈을 감고 배고픔을 잊으려고 인절미 먹던 고향을 회상했다. 그때의 시골 풍경을 떠올리면 떠올릴수록 마음은 깊게 고향의 밤으로 가고 있었다. 깔아놓은 멍석 앞에는 소 외양간이 있었고 풀 타는 냄새, 소똥 냄새에 달려드는 모기를 잡으며 그 마당에서 잠을 자고 밥을 먹었고 옥수수 고구마를 먹었다. 그녀는 그때의 모습들이 환영이 되어 떠오를 때마다 미소를 지으며 빠져들어 갔다.

그녀는 노숙자다. 밥을 타들고 맨땅에 주저앉아 후룩후룩 시래깃국을 마시며 단숨에 한 대접을 먹어치웠다. 벌떡 일어났다. 한두 번 대접을 마시고 숟가락을 입으로 넣었다 뺏다를 반복하며 입을 열었다.

"개자식 밤새도록 빨아 처먹고 떠날 때는 젖꼭지에 침을 뱉어! 이놈 이 죽일 놈 더러운 자식, 치사한 놈, 서망벽(鼠忘壁)은 벽불망서(壁不忘鼠)다."

눈은 붉게 충혈되어 바로 건너 밥을 먹는 두 남자 중 한 남자를 곁눈질해가며 욕을 퍼부어댔다.

"왜 날 쳐다보지?"

"저 미친년이 뭐라는 거야?"

"쥐새끼 같은 놈이라고 하는데요. 내 밥을 갖다 줄까?"

"안 돼. 당신이 밥을 갖다 주면 저년 한 소리에 우리가 덮어쓰는 거야!"

얄팍한 계산이 깔려있었다. 충혈된 그녀의 눈은 먹이를 찾는 매의 눈빛을 하고 있었다.

"저년 알아?"

"모릅니다."

"어서 먹어치워?"

숟가락을 들고 나면 누구나 허겁지겁 쑤셔 넣고 국물을 홀짝홀

쩍 마셔버린다. 5분도 안 걸려 밥은 사라진다. 점심식사는 해결됐다. 두 남자도 서로 아는 사이가 아닌 것 같다. 나이 먹은 사람이 말했다.

"이보우?"

"저요?"

"오늘 바빠요?"

"아니요. 왜요?"

"그럼 이야기 좀 합시다. 잠깐 이리 좀 와보오?"

"왜 그러죠?"

"아까 그 미친년이 서울역 어디서인가 벽치기를 당했다는 것 같은데 쥐새끼 같은 놈이라 했다니 둘이 같이 들었는데 어째 젊은이께선 그렇게 달리 들을 수가 있소?"

"그녀는 미친년이 아닙니다. 미치질 않았다고요. 배가 너무 고파서 헛소리하는 겁니다.

만약 미쳤다면 밥 주는데 가서 밥을 더 달라고 했을까요? 그리고 누군가에게 당한 것만은 사실인 것 같습니다."

"내 말은 밥하고는 상관이 없다니까?"

"그녀는 많이 해본 단수가 높은 여자입니다."

"아니, 이보우. 그런 말이 아니고 내가 물어보고 싶은 말은 그녀의 욕이 쥐새끼 같은 놈이라고 한 말이 아니라니까. 서서 뭐라 했잖우?"

"아, 예. 서망벽은 벽불망서라 했습니다."

"그래그래, 그게 무슨 뜻이냔 말이요?"

"잘은 모르지만 쥐는 자신이 벽에 뚫어 놓은 구멍을 잊어버려도 벽은 쥐가 상처 낸 구멍을 잊어버리지 못한다는 뜻인데요."

나이 먹은 사람은 그녀의 욕도 욕이지만 그녀가 한 말에 호감이 가는지 자꾸만 젊은이한테 다가서며 말을 걸었다. 분명 젊은이는 배운 사람이고 태도가 예사롭지 않았다. 나이 먹은 이도 한마디 거들었다. 혹시 양상군자라는 말을 아느냐고 묻자 젊은이가 대들 듯하는 말이 "대들보 위에 군자이지요."라고 했다. 나이 든 사람이 맞다면서 대들보 양자지. 대답하고는 자꾸만 젊은이를 잡으려는 말과 행동을 하고 있었다. 즉시 한마디 던졌다.

"음~ 지금 당장 소원이 뭐요?"

젊은이는 술을 실컷 마시고 싶다고 했다. 그러면서 덧붙여 하는 말이 취해 잠들어서 노래도 하고 싶고 모든 걸 잊어버린 망각 상태에서 물에 빠져 죽든지, 추운 겨울에 길바닥에 쓰러져 얼어 죽을 거라고 했다. 목숨은 이미 내놓고 다닌다는 말이다. 그런 심정이야 노숙자들은 누구나 한 번쯤은 가지고 있을 법하다. 나이 든 이가 또 물었다.

"평생소원은 뭐요?"

젊은이는 또 술 이야기를 했다. 아마도 술 먹어 본 지가 오래됐거나 이젠 유명을 달리하고 싶은 게 아닐까 하고 젊은이를 세심하게 살펴보고는 바람이나 쏘이러 가자고 했다. 그때 어디를 돌다 왔는지 미친 여자가 저만큼에서 숟가락을 혀로 핥고 입안으로 넣었다 뺐다 밥풀이라도 찾으려는 듯 핥고 또 핥고 행여 장난이라도 누군가 한 숟갈 던지지 않을까 두리번두리번 무엇인가 찾고 있다.

왼손엔 냉면 대접, 오른손엔 숟가락에다 대접을 들고 숟가락으로 두드리면 꽹과리 잡이가 되어 덩실덩실 춤이라도 나올 듯하다. 그러다가 갑자기 그녀의 눈매가 쌩하고 자지러지며 어깨가 축 늘어졌다. 풀이 죽어 머리를 숙이고는 그녀가 남자 앞에 와 서서 나이든 이를 노려보고 혼잣말로 욕을 했다.

"파렴치한 개 뼈다귀 같은 놈들, 그래도 우리는 한 민족이잖아. 한 민족이니까 줬지. 다른 종자 같으면 절대로 주지 않았다. 우린 한 동포, 한 종자다."

그녀는 지나치며 투덜투덜하면서도 눈길 한 번 주지 않았다.

"이봐요, 아주머니?"

"왜 왜 왜?"

"당장 소원이 뭐요?"

"라면 국물 먹는 거."

"평생 소원은?"

"내 젖 훔쳐 먹은 놈한테 젖값 받는 거다."

"돈은 필요하지 않소, 돈?"

"필요한데! 그래서 어쩌라고?"

"여보시오, 이 배추 잎파리 어떻소?"

"그렇게 많은 돈을 내게 주는 이유가 뭐야?"

그녀가 번개처럼 잡아챘다.

"얼마만큼 이쁜 젖이요?"

"좋다, 가자."

흥정은 빠르게 끝났다. 그러면 천국으로 모시겠소. 나이 먹은 이가 앞장섰다.

　겨울을 짐작이라도 한 듯 풀벌레 소리는 마지막 가을을 노래하고 악마 같은 겨울은 가까워서 미소하고 있었다. 이들에게 가장 서럽고 견디기 어려운 겨울이 다가오고 있었다. 지금도 참을 수 없는 감정으로 발버둥 치며 보고 싶은 것은 그들의 가족이다. 이 시국이 이 현실이 누가 이들을 밖으로 내쫓았는가. 아니면 왜 쫓겨난 것인가. 스스로가 가정을 탈출한 것인지는 그들 자신밖에 모르는 일이다. 모두 풍비박산 난 사람도 가정이란 성(城)을 만들었다. 그들은 밖으로 나왔다. 성(城)은 망가지고 누가 허물어 버린 것인가? 누가 무엇 때문에 그랬을까. 그들은 한탄하며 갈 곳 없는 그들은 노숙로(路)로 내몰았는가. 그녀의 말대로 우리는 한 동포고 같은 종자인데 이리도 가혹하게 길에서 시달리고 질기게 붙어있는 목숨 하나를 버리지 못해 밤낮으로 남모르는 통곡을 하고 있다. 그들은 희망도 없이 죽음을 갈망한다. 누가 나를 누가 너를 혹은 누군가가 이들에게 흰 보자기를 덮어줄 것인가 그들은 죽은 것만이 문제가 아니라 죽은 다음도 문제였다.

　변명하지 않고 솔직히 이야기한다. 그들은 IMF의 잔재들이라고, 그들은 그 시대를 그 순간을 뒤돌아보려 하지 않는다. 아름답고 듣기 좋은 명예퇴직, 발전적이고 진취적인 가슴 부푼 조기퇴직, 당당하고 떳떳하지 못한 정리해고, 섬세하게 잘 실행한 구조조정, 어디에 해당하느냐가 중요한 것이 아니고 그들은 일자리를 잃었다. 나이가 차 당연히 나와야 할 정년퇴직도 있다. 그 나이에도 가정으로 돌아가기엔 너무나 힘이 남아돌았다. 자리는 다음 세대를 위해서 내놔야 했지만, 그들은 나와서 어쩔 수 없이 스스로 노숙로(露宿路)를 걷기도 했다.

2

셋은 서로 다른 냄새를 가지고 마주 앉았다.

"자, 우리 서로 인사나 나눌까?"

"젊은이부터 본인 소개를 해 보지?"

"아닙니다. 제일 연장이신 그쪽부터 하시지요."

"그러지 뭐. 나는 회사에 다녔지. 정년퇴직을 했고, 모든 걸 정리해서 식당을 차렸어. 뜻대로 안 되더군. 빚을 얻어 다른 곳에서 또 식당을 했지만 역시 마음대로 안 돼서 빚만 지고 망해버렸어. 지금도 갚아야 할 돈이 아직 많아. 그러고 나니까 머리가 돌았지. 사람이 겁이 나는 거야. 병원에서 하는 말이 피해망상증 환자라고 아무런 불편은 없는데 사람들이 나를 괴롭히고 피해를 주고 죽이려고 한다는 거야. 엉뚱한 생각이 깊어갈수록 점점 불안만 더해가서 병원에 입원했지. 어떻게 알았는지 빚쟁이들 등쌀에 병원에서 쫓겨나고 말았지만, 표면으로 심하게 나타나는 중상도 없고 밖에 돌아다니다 보니 노숙자가 되어 버렸다고."

연장자 말이 끝나자, 젊은이가 물었다.

"어떤 식당을 하셨지요? 메뉴는요?"

"이보게, 우리 과거는 너무 지나치게 파고들지 말자고. 흔히들 만나면 과거 이야기에 넌덜머리가 난다니까. 왜 그런지 아나? 우리가 만나기 전에는 돈도 많았고, 재주도 좋았고, 시절도 좋았고, 잘난 체하고, 떠들어 대다 기분이 나쁘면 술 마시고 취하면 게걸대며 잠들고, 깨고 나면 허탈한 고독에 게을러지는 매일이 반복되는 신세가 아닌가? 이래서는 안 되지. 과거를 잊어. 지금 현실이 가장 중요하다는 말일세. 그래 젊은이는 뭐 하다 이 험한 노숙로를 걷게 되었나?"

"저는 회사를 다니다 명예퇴직을 했습니다."

"그래, 그러면 우리가 언제 헤어질지 모르니 잠깐이라도 편하게 이름을 부르도록 하지. 나는 정년퇴직을 했으니 정태라 하고 젊은 이는 명예퇴직을 했으니 명태라고 하면 될법하고, 그리고 아주머니는 길에서 만났으니 편하게 길여라고 하면 어떻겠소?"

모두가 박수를 쳤다. 이곳으로 함께 온 이유를 정태가 설명했다. 정태는 식사하면서 있었던 이야기를 상기(想起)시켰다. 길여의 욕설 중에서도 한문이 섞여있었고 그 한문을 들어 알아듣는 명태의 실력으로 보아 머릿속에 먹물이 좀 들어있다고 생각했다. 지금 여기서 대학을 안 나온 사람 있으면 말해보라고 했다. 셋은 아무도 말하지 않았다. 정태는 솔직히 이야기가 통할 것 같아서 명태와 길여를 여기까지 동행하게 되었고 이 집은 알아 놓은 지가 얼마 되지 않았으나 이쪽으로 오게 되면 몇 번 자고 간 적이 있다고 설명했다. 사람이 살지 않은 빈집이라 하루 저녁 묵고 깨끗이 치워놓고 가면 된다며 명태를 쳐다보고 자기 소개를 계속하라고 했다.

정태는 명태 나이를 물었다.

"나는 육십 대야, 명태는 몇 살이지?

"예, 저는 사십 대입니다."

모처럼 집 속에서 방을 보고 두리번거렸다. 명태는 아무 말도 하지 않았다. 멍하니 시선을 모으고는 눈을 감았다. 감은 눈가에 눈물이 흐른다. 그가 먼저 떠올린 건 아내와 아들 두형이다. 조용히 일어나 가정을 이야기했다. 생각만 해도 즐겁고 행복한 가정생활이었다고, 아침이면 아내는 분주히 아침 밥상을 준비했다. 나이 들어 시작한 결혼생활치고는 넘치게 행복했었다. 밥상을 차릴 때면 두형이는 덩달아 밥상을 행주로 훔쳤다. 세 살박이가 숟가락을 내밀며 이건 아빠 거, 젓가락을 놓다가 하나를 바닥으로 놓쳤다. 떨어진 걸 주워들면 아니라고 그건 엄마 거야 소리쳤다. 두형이는 항시 엄마와 아빠 젓가락을 혼동하며 재롱을 부렸다. 구수하고 향긋한 된장찌개는 보글보글 아직도 상 위에서 끓는다. 밥에는 보리나 콩을 빼놓지 않았고 항상 잡곡밥이었다. 상 위에는 내가 좋아하는 반찬들로 가득했다. 멸치고추볶음, 가지찜, 비듬나물무침, 깻잎조림, 콩자반, 오이무침, 시큼한 김치, 파무침, 아내는 열심히 어른들한테 배워다 밥상을 늘 계절마다 푸짐하게 차렸다. '두형 아빠, 어서 드세요?' 명태는 아내 말을 기억하고 울음을 터트렸다. 그 집, 우리 가정이 지금도 있으면 얼마나 좋을까. 명태는 이를 물었다. 그 맛있는 아내의 반찬이 머리 위로 떠올랐다. 며칠 전 점심식사만 해도 뚝배기 안에 토해낸 해장국에는 가래침이 허옇게 떠 있었지만 누가 보거나 말거나 내가 먼저라고 달려들어 들고 퍼먹었다.

명태는 제정신이 아니었다. 울먹거렸다. 정태는 그런 일로 그렇게 슬퍼할 일도 아니라며 다음 순서는 길여라고 그녀를 흔들었다.

그녀는 조금만 놔두라며 자겠다고 했다. 정태는 부엌에 가서 컵라면을 들고 왔다. 라면이 거의 되었을 때쯤 그녀를 다시 깨웠다. 그녀의 귀에 대고 라면 국물 안 먹느냐고 소리 질렀다. 깜짝 놀란 그녀가 벌떡 일어나더니 정색을 하며 고쳐 앉았다 컵라면을 손에 들고 국물을 후룩후룩 마셨다. 허겁지겁 입안으로 가득 쑤셔 넣는다. 뺏어 먹을 사람도 없는데 서둘러 어그적어그적 씹고 마시고 남은 국물까지 다 먹어버렸다. 다음 소개는 길여라고 하자 그녀는 알았다고 하고는 약속을 지키겠다며 얼어 죽을 소개는 무슨 소개냐고 옷을 훨훨 벗어제쳤다.

"어서들 빨아 처먹어라. 맛이 제법 괜찮을 거다."

그러나 젖통이 아니었다. 권투선수들이 실습용으로 스파링 때 쓰는 바람 빠진 검은 고무공이다. 두 개가 매달린 고무공에선 노릿하고 찌든 냄새가 났다. 공이 흔들거렸다. 마치 소달구지 밑으로 소똥이 철썩철썩 떨어지는 소똥으로 보였다. 거기엔 팥 단지 같은 유두가 하나씩 박혀있었다. 검게 그을린 유통은 쭈글쭈글 주름져 있었다. 검은빛으로 번들거렸다. 연둣빛 유두를 얼마나 빨아대고 씹어댔으면 금방이라도 곪아터져 누런 피고름이 뚝뚝 떨어질 것처럼 보였다. 소름 끼치는 유통을 보고 명태는 무릎을 꿇었다.

"잘못했습니다. 길여님."

"뭘 잘못해? 어서 처먹으라니까."

길여가 라면 컵을 집어던졌다. 정태의 머리로 날라갔다. 정태가 깜짝 놀라 머리를 바닥에 처박고 숨넘어가는 소리를 했다.

"잘못했소. 내가 아니라 사내들이 남자들이 잘못했소. 길여를 괴롭힌 노숙인을 대신해서 비는 거요."

정태와 명태는 진심으로 자기들이 잘못한 것처럼 길여한테 빌었다. 길여는 잘못 없으니 사과하지 말라고 소리를 질러댔다. 그들은 누구도 모르는 정신질환이 재발하고 있었다.

"왜 질겅질겅 씹지 않고 술 처먹으면 더 지랄들 하면서 왜 내 앞에서 우는 거지 내 젖이 죽었냐! 초상이 났냐! 웃기는 소리 마라! 아직은 쓸 만하다. 같잖은 놈들!"

길여는 냉혹한 목소리로 큰소리치고 있으나 하얀 동공은 흐릿하면서 풀이 죽어있었다. 방 안의 비릿비릿하고 텁텁한 냄새에 구역질이 올라왔다. 그들도 참고 견디고 있었다. 고개 들은 정태가 애원했다.

"길여! 옷을 입으시오."

그녀의 옷으로 눈길을 보냈다.

"넌 아까 젖을 먹겠다고 거금을 뿌렸지. 너의 마음을 내가 모를 줄 아냐. 요망스러운 놈. 고양이 불알 앓는 소리 작작하고 어서 먹어라! 지금 아니면 구경도 못 할 거다. 왜들 그러느냐? 빛깔이 검어서, 왜 검은 줄 아니? 밤이면 하도 귀찮게 해서 젖에다 연탄재를 발랐지. 그래도 아침이면 하얗게 되더라."

힘없는 그녀 말에 조용한 침묵이 흘렀다. 혼란스런 길바닥에서 내 집으로 돌아왔다고 착각하고 있었다. 그들은 미쳐버리기 직전인 사람들이다. 미치도록 괴로운 사람들, 그러다 미치지 않으면 안 될 사람들, 미쳐야만 속이 시원한 사람들, 미쳐버리지 않으면 못 배길 불쌍한 사람들이다. 그들은 정상인이 아니다. 정상이라 할지라도 병들어 있었다.

느릿한 냄새가 가득했다. 조용한 침묵은 오래가지 않았다. 길여가 한 손을 휘저었다. 명태가 몸을 비틀다가 갑자기 용을 쓰며 열 십자로 뒤집기 시작했다. 길여가 소리쳤다.

"이 물건 간질 하네."

"맞소! 저건 간질병이요. 소원이 술 실컷 먹어보는 거라 했는데, 소주를 줄까?"

그냥 놔두라며 두 서너 시간은 걸린다고 길여가 간질병을 아는 것처럼 말했다. 명태는 서서히 돌기 시작했다. 세 시 방향, 여섯 시 방향, 아홉 시, 열두 시 방향으로 지그시 감은 눈은 평온해 보였다. 이따금 실룩대는 입가엔 알 수 없는 미소로 가득하다. 갑자기 흠칫했다. 은은하고 잔잔한 미소는 꿈속에서인가 명태가 들리지 않는 소리로 속삭였다.

"저는 길여님 젖 안 먹을라요."

그의 환영은 시작되었다. 소똥 같은 그녀의 젖통에 엄지손가락만 한 똥파리가 날아왔다. 자꾸만 여기저기서 날아와 앉는다. 그래 똥파리는 똥을 먹어야지. 명태는 신이 났다. 파리 놈들이 바글바글 힝힝 씽씽 들쑥날쑥 앉았다 날았다. 꾸역꾸역 모여들어 소똥을 잘도 처먹어댄다. 명태의 간질병은 길여의 젖통을 둥글 넓적한 소똥으로 착각하고 있었다.

명태는 달라붙는 파리들을 박수 치며 응원했다. 그것도 잠시 아니 이게 웬일인가. 생김새도 무시무시 한 놈들이 사방에서 서서히 몰려온다. 검은 젖통을 향해 딱딱하고 단단해 보이는 검은 갑옷을 입었고 모든 걸 부수고 파괴할 듯이 파리를 잡아먹으며 씩씩하고 요란하게 몰려오고 있었다. 검은 쇠똥구리 군단이다. 맨 먼저 앞장선 놈이 호스를 들고 물을 뿌리기 시작했다. 소똥을 먹던 파리들이 도망을 친다. 쇠똥구리들은 똥을 퍼내여 둥글게 덩어리로 만들기 시작했다. 명태의 간질병은 점점 깊은 환각 속으로 빠져들었다. 누구도 알 수 없는 명태의 몽상이다.

갑작스러운 길여의 몸놀림은 숙달된 전문적인 교육을 받은 사람처럼 노련했다. 그 몸짓이 정태를 홀려 보려는 몸짓이었다. 방 안을 이리저리 돌아대며 몸을 흔들었다. 이상한 괴성을 질러가며 이유를 알 수 없는 손짓, 발짓은 정태를 자꾸만 혼란스럽게 만들었다. 머리는 흐트러져 산발이 되었고 휙휙 몸을 휘감을 적마다 썩은 냄새와 누린내가 방 안 가득히 풍겼다. 정태는 숨이 막혀오는 가슴을 두드리며 자리를 박차고 밖으로 나왔다. 길여의 몸짓은 어디서 본 듯한 춤이었다. 그것은 바람난 꽃뱀의 능숙한 요분질로 보였다. "길여! 괜찮아?"

정태가 물었다. 고개를 끄덕였다. 그녀는 옷을 입고 있었다. 시선이 명태 쪽으로 돌렸다. 내가 언제 무슨 일이 있었느냐고 물어보듯 명태가 쳐다봤다. 정태는 길여와 명태를 번갈아 주시하며 또 무슨 일이 일어날지 긴장하는 눈치였다.

그들은 서로에 행동을 잊었고 물어보지도 않았다. 명태가 맑은 정신으로 돌아왔다. 그는 우리도 잘살 수 있으며 돈도 벌 수 있고 처음의 생활로 돌아갈 수 있다고 했다. 더 나아가 우리나라까지도 잘살 수 있다고 말하자 그 말을 정태가 가로막았다. 정말 그런 일이 우리에게도 찾아오겠냐는 것이다. 몇 시간 전을 기억하며 길여는 신기한 듯 어서 말해보라고 명령했다.

명태는 선생처럼 자세를 갖추고 목소리를 가다듬고 옷매무시도 고쳐가며 자신감에 넘쳐 있었다. 명태는 서두부터가 알 수가 없었다. 이해가 안 가더라도 그냥 들어 달라는 것이다. 길여와 정태는 고개를 저었다. 미친 소리일 거야. 틀림없이 간질병 주제에 아는 것이 있을까. 눈을 마주 보며 끄덕이는 길여와 정태 생각을 명태는 알 리가 없다. 명태가 시작했다.

"두 분이 아시는지 모르겠지만, 우라늄은 정말 좋은 광석입니다. 우리 생활에 정말 없어서는 안 될, 나무랄 데 없는, 아주 훌륭하고 중요한 광물입니다. 우리나라에는 다행히 질 좋은 우라늄 광석이 매장되어 있습니다. 그 귀중한 하얀 광물을 우리는 캐내지 않고 있습니다. 우리가 캐내면 우리도 핵을 보유하게 되기 때문에 핵을 만들 수 있는 우라늄 광석을 우리는 전 세계로 캐지 않겠다고 선언했습니다. 우리는 핵보유국이 아닙니다. 그것은 전 세계가 모두 알고 있는 사실입니다. 우리는 귀중한 이 보물을 건드리지 않고 보관하고 있습니다. 만약에 우라늄 광석을 채취해서 어렵고 힘든 과정을 거쳐 폐기 처분해야 될 폐기 물질이 나올 때까지 여러 단계로 복잡한 순서를 끝내고 나면 원자력 발전소에서 쓰는 핵연료가 됩니다. 우라늄을 가공 처리하는 어느 과정에선가 우라늄 4% 정도를 농축하면 작은 분필만한 펠렛이 가공됩니다. 만약 우라늄 펠렛을 가느다란 파이프에 넣어 수백 개의 관을 만들어 집합해 놓으면 바로 원자력 연료봉이 완성됩니다."

강의를 끝냈다. 지금까지 설명한 내용을 두 분은 이해하느냐고 물었다. 정태는 머리를 끄덕였다.

"이해 좋아하네, 미친놈!"

길여는 명태가 미쳐도 단단히 미쳐 버렸다고 혀를 찼다. 그 좋은 게 있으면 뭘 해! 캐지도 못한다며 그런 걸 말도 안 되게 지껄인다고 둘은 안 들리는 소리로 킥킥대고 있었다. 명태의 강의는 점점 심각했다. 여기서 가장 중요한 대목이라는 거다. 그것은 5g의 우라늄 펠렛 길이는 1.2㎝인데 그 하나에서 나오는 전기 에너지로 한 가정에서 8개월을 쓸 수 있다고 했다. 또한 원자력 발전소에서 우라늄 1g이 만들어 내는 에너지는 석유 아홉 드럼 또는 석탄 3톤이 탈 때 나오는 에너지와 맞먹을 정도로 굉장한 양의 에너지가 나온다는 것이다. 우라늄을 가공한 펠랏은 겨우 5g인데 고기 600g과 비교하면 비교도 안 되는 아주 작은 양의 펠릿이 그렇게 많은 에너지를 나오게 한다는 것은 명태 놈이 제대로 알고나 하는 소리인지 미쳐서 헛소리 하는 중이라고 정태와 길여는 작은 소리로 속삭였다. 명태는 둘이서 시큰둥하게 듣거나 말거나 강의에 더욱 불이 붙기 시작했다. 그는 선생처럼 보였다. 우리도 언젠가는 핵을 개발해야 한다면서 살아가는 데 꼭 필요한 펠렛만을 만들어 사용한다면 석탄이나 기름도 절약되고 틀림없이 잘사는 우리나라가 될 것이라고 흥분하고 있었다. 명태는 손뼉을 치며 설명을 했다.

"자, 보십시오, 우리나라는 예로부터 삼천리금수강산입니다. 우

리나라는 산맥이 많습니다. 백두산을 기점으로 서쪽으로 압록강
이 흐르고 동쪽으로는 두만강이 흐릅니다. 백두산 너머로는 장백
산맥이 뻗어있고 백두산 남쪽으로는 낭림산맥이 내려오고 있습니
다. 함경남북으로는 함경산맥 마천령산맥이 있지요. 낭림산맥과 이
어져 서쪽으로는 강남산맥 적유령산맥 묘향산맥 멸악산맥 언진산
맥 남쪽으로 뻗어 내린 태백산맥 서쪽으로 내려간 차령산맥 소백
산맥, 모든 산맥이 다 기억이 나지 않지만 우리나라는 산이 많습니
다. 산속 곳곳에는 우라늄 광물이 묻혀 있습니다. 더욱이나 중요
한 것은 지구에 화산이 터져 처음으로 땅덩어리가 생겼을 때 화산
에서 올라온 불덩어리가 식으며 그 파장으로 육지에서 바닷속까
지 화산 능선이 크고 작게 주름이 형성되어 가다가 독도에 가서
끝이 났다는 것입니다. 그래서 우라늄 역시 독도까지만 묻혀 있을
뿐 더 나가서는 발견되지 않는다는 것이 저의 연구 결과입니다."

　정태와 길여가 박수를 쳤다. 길여는 명태가 미쳐도 단단히 미쳐
있고 누구도 알 수 없는 소리를 제멋대로 지어내어 지껄이고 있다
고 나무랐다. 정태는 길여 말에 반대했다. 배우지 않고는 그렇게
설명할 수가 없다는 것이다. 우라늄 이야기가 맞는지는 자기도 처
음 듣는 이야기라고 하자 길여가 정태의 말꼬리를 잡으며 벼락 치
는 소리로 덤벼들었다.

　"당신은 조그만 회사에서 정년 했다며 그 주제에 뭘 안다고 남의
말을 막고 난리야! 할 말 있으면 해보지. 별것도 아닌 주제에!"

　명태는 길여와 정태가 싸운다고 판단했는지 그러지들 마시고 정
태 어른께서 이야기 좀 들려주시라고 간곡하게 청을 했다. 정태는

눈을 감았다. 무거운 침묵이 그들에 어깨를 눌렀다. 저러다 그대로 잠을 자려는가 길여의 빈정대는 소리에 정태의 눈에 불이 들어왔다. 눈을 떴다. 길여와 얼굴이 마주쳤다. 그녀는 팥죽색 입술에 침을 발라 번들거렸다. 입술은 발밑에서 터져 버린 송충이처럼 보였다. 길여를 향해 저주했다.

정태는 살아온 이야기를 하기 시작했다. 강가의 파밭 천 평은 아버지 유산이라고 했다. 아버지는 파밭을 열심히 가꾸어냈다. 철 따라 다른 장물도 길러 시장에 팔아 가정을 돌보았고 정태를 대학까지 가르쳤다. 정태에겐 여동생이 하나 있었다. 그녀는 소아마비 환자였고 정태 아버지는 정태가 대학을 다닐 때 정태한테 이야길 했었는데 세월이 가면 파밭은 인천에서 들어오는 항구가 들어설 자리라는 것이다. 정태는 그것을 어떻게 믿느냐고 물었을 때 정태 아버지는 파밭 주인들 몇이서 이야기하는 소리를 들었다고 했다. 벌써 인천부터 개천 공사는 시작했다는 것이다. 정태 아버지는 파밭은 금값이 될 테니 자기가 죽고 난 뒤에도 절대로 팔지 말라고 정태한테 신신당부를 했었다. 정태가 대학 다니던 시절 아버지를 따라 파밭에 간 적이 있다. 싱싱한 대파가 정태 무릎까지 올라오는 대파밭은 시작부터 끝이 가물가물하게 보일 정도였다. 그날 정태는 아버지 일도 도와가며 하루를 마치고 집에 오는 길에도 아버지는 자기가 죽어도 파밭은 팔지 말라는 소리를 귀에 딱지가 앉도록 들었다. 정태는 그러겠노라고 말씀드렸고 정태의 꿈을 향한 결심은 그때부터 청사진으로 싹트기 시작했다.

정태 아버지는 기회를 봐서 세계 3대 미항으로 알려진 시드니,

나폴리, 부에노스아이레스를 다녀올 계획을 했다. 그리고 꿈에 그리는 아름다운 항구를 건설할 계획을 세웠다. 정태 아버지는 강을 벗어나지 말고 강 안쪽으로 파밭만 개발하기로 맘먹고 범위를 자꾸 넓게만 잡을 수가 없었다. 그렇게 많은 공사는 할 수는 없다고 결론을 내렸다. 공사계획을 넓게만 잡을 게 아니라 자신이 할 수 있는 범위 내에서 하겠다는 설계에 따라 결국은 자기 땅에만 집을 지을 것을 계획했다. 항구가 개설되면 전 세계의 배들이 파밭으로 몰릴 것이다. 배로 실어 오는 화물을 내려놓을 자리가 있어야 하고 사람들이 서울을 찾아오면 잠잘 곳이 있어야 하니까 호텔을 지어야 할 것이다. 외국인 관광객이 몰려올 것은 물론 미국, 유럽, 영국, 러시아 등 전 세계 무역하는 상선 배들이 들어오고 나가면 그들이 먹고, 쓰고, 소비할 먹거리도 만만치 않을 것이고, 크루즈 관광선도 연실 들어오고 나가고 복잡한 항구도시가 될 거라고 예상했다.

세계화된 우리나라를 관광하러 오는 관광객들이 매일 수천 명도 더 될 거라고 정태는 추측하며 계산했다. 정태는 안개 낀 강변을 걸으며 파밭을 내려다보았다. 저기에 꿈을 파처럼 가꾸겠다고 다짐을 한다. 파밭 위에 항구를 세울 것을 천명하면서 안갯속 항구를 미리부터 점쳐보고 있었다. 새롭게 단장한 아름다운 항구를 만들어야 한다고 중얼거렸다. 천 평은 물류단지로 만들어 화물 전용으로 사용하고 나머지 천 평은 먼저 세계에서 제일 높은 무역 비지니스 타워를 짓되 호텔 따로, 상가 따로, 오피스텔 등 따로따로 짓는 것보다는 하나의 빌딩에 복합으로 쓸 수 있는 타워를 설계하기도 했다. 일 층부터 삼십 층까지는 상가, 삼십 층 위로 오십 층까지는 오피스텔, 오십층부터 칠십 층까지는 아파트 그 위로 구십 층까지는 집회장소로, 맨 위는 나라별 식당 및 라운지로 설계했다. 들어오는 관문이므로 서울랜드마크 타워로도 알아봐야 했다. 상가 배치는 국제적으로 이름있는 마케팅연구가의 자문을 얻어 나라별로 유명브랜드사의 의견에 따른 위치 품목 등을 세밀히 조사하여 상가를 배분할 것이며 단순한 우리나라만의 백화점이 아니라 세계적인 백화점으로 만들 계획이다.

진열될 상품들은 최상품으로 국제적으로 이름난 의류, 보석, 화장품, 어린이들을 위한 완구부터 학용품, 장난감코너도 만들 계획이다. 오피스텔은 세계 나라별 사무실로 사용하는 최첨단 집무실로 만들어질 것이다. 아파트도 한 가족이 있어야 할 경우를 생각해서 따로 쓸 수 있게 할 계획을 세웠다. 집회장소로 이십 층을 남겼는데 남아돌아가면 다른 용도로 전문가와 상의해서 바꿀 것이다. 식당과 라운지 십 층은 나라별 식당이 모자라면 아래층을 식당가로 사용하는 방법도 연구하기로 했다. 정태만 갖고 있는 커다란 꿈과 계획은 누구에게도 발설할 수 없고 자신과 아버지만이 간직했다.

회사에서 퇴근하던 날 정태는 아버지를 찾아가 실현하기 어렵다고 이야기했다. 정태의 정년퇴직에 앞서 아버지 건강도 날로 쇠약해 가기 때문이다.

"문제는 돈입니다."

"그래, 그러면 그 계획을 반의 반으로 줄이고 우리나라 고유의 상가로 짓는 게 어떠냐?"

"어쨌든 돈이 하나도 없지 않습니까?"

"정말 그러면 땅을 반을 팔아 돈대로만 지으면 어떨까?"

정태는 아버지 말을 존중했다. 아버지를 홀로 두고 요양원 문을 나섰다. 정태는 아버지 말씀을 깊이 간직하고 파밭으로 달려갔다. 밭이 눈앞에 보였다. 대파도 보였다. 대파꽃 위로 노랑나비 흰나비가 구름처럼 날아다녔다. 하늘에선 하얀 햇빛이 가루가 되어 쏟아져 내렸다. 어디선가 뱃고동 소리가 들려왔다. 소리를 내며 배는 파밭 쪽으로 들어오고 있었다. 크루즈선이다. 파밭 대신 한강물이 햇빛에 반짝이며 부서지고 있었다. 정태의 꿈도 나비가 되어 날아가고 있었다. 꿈을 잃어버린 정태는 갈 곳을 찾지 못했다며 정처 없이 걷기 시작했다고 말했다.

정태의 말이 끝날 새 없이 명태가 말했다. 지금까지 말한 것은 정태 자신이 환영으로 사로잡힌 고정관념에서 풀려나지 못하고 자기 자신을 묶어버린 결과라는 것이다. 정태는 풀리지 않은 환상 속으로 들어가면 갈수록 마음속에 응어리져 고민하고 애태우다 노숙로를 찾았으나 아무런 답을 얻지 못했다는 결론이다. 들어가기만 하면 어려운 일들이 해결될 거라 생각했지만, 이 세상에는 노숙로는 없다고 명태가 힘주어 말했다. 마음속에 환상으로 존재하는 파밭에 꿈은 일찍이 잊어야 했었다고 말했다. 아버지의 존재를 뒤따라 더 크고 아름다운 항구도시를 계획하는 허망한 꿈은 하지 말았어야 했다고 정태를 꾸짖었다. 엄격히 말하면 정태의 꿈같은 계획들은 존재할 수도 없는 환영이었다며 마음속에 살이 되어 박혀 있는 상상을 칼로 도려내지 못하고 노숙로를 만들어놓고 방황하며 마음을 상처받고 있다고 냉철하게 꼬집었다. 그러나 어찌할 수 없는 현실을 우리는 우리끼리라도 서로 나무라지 말고 버리지 말고 죽이지 말자며 정태를 위로했다.

"그래, 맞다. 노숙로에 있는 사람이나 없는 사람이나 우리는 동포이자 한 종자다. 우리 스스로가 만들어놓고 있다고 고집하는 이 길마저 없앨 수는 없어."

길여가 끼어들었다. 그녀는 또 허구 속으로 빠지다가 없는 것을 있는 것으로 단정해 버리는 명태의 우라늄 광석도 있기만 하면 캐내어 생활에 유용한 펠렛도 만들어 쓰고 더 나아가 수출도 하면 일자리도 늘어나고 나라가 부강할 수 있다는 상상도 노숙로에 들어와 터득하고 찾아낼 수 있었다고 말했다. 명태 자신도 그런 길은 없다면서도 날만 새면 하늘을 보고 땅을 보면서 고집을 다짐하고 있었다. 지나치는 사람들이 보기엔 실성했거나 미쳤다고 할지 모르지만, 그들은 정말 미친 사람들일까. 길여는 낮에 했던 자신에 행동도 미친 짓이었다고 생각해야 하는지 자신에게 물었다. 노숙로를 가고 있는 사람이나 스치고 있는 사람이나 우리는 같은 종자라며 세상은 욕심만 버리면 살만한 곳인데 왜 사람들은 현실을 그렇게 부정하면서까지 사는지 모르겠다고 머리를 흔들었다.

"그래, 맞는 말이다."

정태가 맞장구치며 지옥으로 가보자고 옆문을 열었다.

지옥에선 식사 시간이었다. 긴 식탁은 끝이 보이지 않았다. 식탁 위에는 음식들로 가득했다. 식탁의 폭은 넓었다. 마주 보고 있는

지옥 사람들은 하나같이 장대처럼 말라있었다. 얼굴은 말랐고 붉은 눈알은 튀어나와 있었다. 그들은 마주 보고 있었고 오른쪽에는 누구나 할 것 없이 기다란 젓가락이 한 쌍씩 놓여있었다. 그들은 기도하고 다 같이 무어라 중얼거렸다. 먹으라는 신호가 떨어졌는지 젓가락을 집어 들었다. 그들은 열심히 입맛을 다시고 입을 쩍쩍 소리 내며 코로는 쉴 새 없이 냄새를 맡고 있었다. 허기진 뱃속에서는 꿍꿍 알 수 없는 괴상한 소리가 났다. 쥐들이 찍찍거리는 소리같이 들리더니 개들이 밥그릇을 놓고 으르렁대는 소리도 들렸다. 그런가 하면 닭들이 몰려와 모이를 쪼아 먹는 모습도 보였다. 그들은 못 견디겠다는 듯이 몸을 비틀고 밥상 앞에서 이상한 소리를 내며 쩔쩔매고 있었다. 그들은 입에 들어가는 음식이 하나도 없었다. 젓가락이 너무 길어서 집은 음식을 입에 넣으려고 팔을 쭉 뻗었으나 집은 음식은 머리 뒤로 가 있었다. 음식을 하나도 먹지 못하고 난동질을 치자 식사가 끝나는 종소리가 났다. 그들은 화가 난 얼굴로 연신 중얼거리며 모두 일어났다. 지옥에 식사는 그렇게 끝났다.

길여와 명태가 천당을 가보자고 정태를 졸라댔다. 정태가 반대쪽 문을 열었다. 천당에 식사 시간은 아직 끝나지 않았다. 그들의 얼굴은 살이 쩌서 몸들이 좋았다. 얼굴에는 개기름이 줄줄 흐르며 평화스러운 즐거움이 가득했다. 즐기며 먹은 식사시간이었다. 그들의 오른쪽에 있는 긴 젓가락 끝이 앞사람 턱 앞에 있었다. 앞사람이 먹고 싶은 음식을 눈짓하면 건너편에서 젓가락으로 음식을 집어 앞사람 입에다 넣어주었다. 고맙다는 인사를 눈짓으로 하며 웃어주고 오물오물 맛있게 씹으면서 앞사람한테 눈빛으로 이야기한다. 당신은 먹고 싶은 것이 뭐냐고 하면 앞사람이 눈빛으로 떡을 가리켰다. 떡을 집어 앞사람 입에 넣어주었다. 앞사람이 고맙다고 웃어주었다. 저승에 젓가락이 긴 이유를 알았다고 길여가 말했다. 그들은 식사 시간에 서두르지 않았다. 천천히 웃으면서 고루고루 먹고 싶은 만큼 먹었다. 그들이 먹고 웃는 동안 식사 시간이 끝나는 음악이 나오자 인사를 하며 자리에서 일어났다.

정태가 천당 문을 닫았다. 저승에 가서 천당 밥을 먹으려면 이승에서 이웃에게 가족에게 많이 베풀고 가야 천당 밥을 먹을 수 있다며 이승의 이야기를 하자고 정태가 길여 눈을 주시했다.

"길여는 어린 시절이 기억나?"

정태가 물었다.

"나지요."

"들어볼까?"

길여는 깡촌에서 태어났다고 했다. 그녀 밑으로 남동생이 하나 있고는 그만이다. 초등학교, 중학교는 시골에서 다녔다. 엄마의 성화로 서울 고모집으로 가서 고모네 일을 도와주며 고등학교를 졸업했다. 길여는 어렸을 적부터 책 읽기를 너무 좋아했다. 읽을 책만 있으면 며칠 밥을 굶고도 읽었다. 그의 꿈은 작가가 되고 싶었다. 대학도 문창과를 졸업했다. 좋아하는 시인은 김소월이었고 그의 시를 항시 머리에 넣고 다녔는데 그중에서도 진달래꽃은 생각만 해도 입에서 술술 나왔다. 시도 여러 편 쓰기도 했으나 혼자만 읽는 시가 되었다. 어느 날 신문에서 소설 부분 단편 공모전을 보고 응모했다. 제목은 「와불(臥佛)」이었고 당선되었다. 그 길로 소설을 쓰기로 결심했다. 그러던 중 그녀의 결심을 앞지른 것은 혼인 말이 들어온 것이다. 젊은 총각은 바로 고모네 건물에서 세 들어 장사하는 사람이고 보니 고모나 고모부도 잘 알고 있는 것이 혼사의 결정적 요인이었다. 더구나 젊은이는 키가 크고 이목구비가 뚜렷해서 누가 봐도 배우처럼 생겼다. 주위에 하는 말들은 시골 형편에 대학까지 나와서 취직도 못 하고 놀면서 소설을 쓴다고 하니 소설이 밥이 나오나 떡이 나오냐는 식이었다. 부모님도 결혼하라는 명령을 했다. 결혼했다. 열심히 행복하게 살았지만, 결혼생활 5년에 이혼 말이 나왔다. 시댁에 대를 이을 자손을 낳아 주질 못했다. 병원에서는 불임이라고 처방이 나왔고 시댁에선 완강하게 이혼을 주장했다. 할 수 없이 이혼하고 말았다.

한두 해 시간이 지난 뒤 돈 많은 영감과 재혼을 했다. 그리로 가면 아무 걱정 없이 좋은 환경에서 글이 쏟아져 나올 줄 알았다. 그 집은 길여가 보지 못한 가구며 생활에 필요한 현대식 물건들로 가득했다. 편한 생활이었다. 정말 글쓰기 좋은 환경이라고 생각했으나 정작 글은 나오지 않았고 영감은 밤낮을 가리지 않고 동물적으로 자극해 주길 원했다. 걱정 없이 글이 나올 줄 알았던 생각도 몇 년 가지 못하고 길여는 그 집에서 나와야 했다. 영감은 원하는 것 모두 다해준다 했으나 길여는 아무 말도 못 하고 몸만 빠져 나왔다. 그녀는 고향으로 내려갔다. 부모님은 늙으셨고 다행히 작은 며느리가 착해서 남동생은 부모님을 잘 모시며 살고 있었다. 길여는 고향에 계속 머물 수가 없었다. 고향을 떠나 절로 향했다. 조용한 곳에서 글이 나올 것처럼 생각되었다. 길여가 어느 산모퉁이를 돌다 머리에 벼락을 맞았다. 쓰러진 그녀는 등산객 도움으로 입원을 했다. 병원에서 보호자를 찾았지만 보호자가 없었다. 길여는 돈 많은 영감을 댔다. 영감 덕분에 1년 가까이 병원 신세를 지었다. 완쾌된 것은 아니지만 더 이상 영감한테 신세를 질 수가 없었다. 그 길로 병원을 나왔지만 번개를 맞은 머리는 아직도 완전하지 못한 상태로 갈 곳을 찾지 못하고 노숙자가 되어 여기까지 왔다고 말했다. 길여는 아직 할 말이 남았는지 마른침을 꼴깍 삼키며 또 입을 계속 열었다.

"나는 늙어서 글을 쓰려 하지만 나오질 않아. 문학나무를 꼭 찾아야 해. 몇 년을 헤매지만 찾지 못했어. 내게 말해준 사람이 그러는데 하루이틀, 일이 년에 찾기는 어렵다는 거야. 열심히 찾다 보면 아주 가까운 곳에서 우연히 발견된다는 거지. 눈만 뜨면 찾고 있어."

"찾으면 어쩔 건데?"

정태가 물었다.

"나는 그 나무에 목을 매고 죽을 거야. 내가 할 일은 오직 그거만 남았어."

길여의 사연은 뜻을 이루지 못한 이무기라고 명태가 거들었다. 듣고 있던 정태가 길여를 위로했다.

"글은 아무 데서나 때와 장소 없이 쓰면 되지 쓸 곳을 찾을 필요는 없다. 틀림없이 있을 거야. 그 나무가 가까운 곳에 있다는 것은 스스로가 그 나무를 찾아서, 아니면 만들어서 그 나무를 문학나무라고 이름을 붙이면 되는 것 같은데. 문학나무를 찾고 만든다는 말은 글을 써야 된다는 뜻이고, 쓴 글이 하나의 재목으로 구실을 할 수 있는 나무로 스스로 마음속에 키워야 하는 걸로 생각하네. 자꾸 써서 하나의 재목이 될 수 있는 값진 이야기를 글로 써서 기쁨을 만들고 귀중한 문학나무는 길여 마음속에 싹트며 자라고 있다고 보는데, 길여 생각은?"

"아~ 맞다. 그 나무는 내 마음속에 있는 거야."

길여가 소리치며 이제야 알았다고 기뻐했다. 길여는 모든 것이 마음속에 있다는 걸 깨우치는 데 평생을 소비했다.

"왜 진작 일러주지 않고, 그랬으면 지금쯤 글은 썼을 게 아니오?"

"글쎄! 노숙의 길은 그렇게 멀고 고통은 겪은 뒤에 알게 된다니까."

정태는 험한 노숙로를 모두는 겪어왔고 지금도 가고 있다며 자신이 걸어서 깨우친 노숙의 길을 상상하고 있었다. 그들은 날이 밝으면 각자의 허구를 안고 서로 다른 노숙로를 걸어야 한다. 오랜만에 정태의 초대를 받아 그들은 방으로 들어왔다. 방은 불편한 것 같지만 과거를 이야기하기엔 좋은 곳이다. 그들만의 천국이었다. 내일은 어디로 가야 하는가. 같이 가면 안 되나. 노숙인들에게는 그런 말은 없다. 오직 자신만이 발 가는 대로, 생각대로 갈 뿐이다.

정태가 다시 심중에 고여 있던 지난날을 다시 한 번 더듬었다. 굳게 다문 입을 열었다.

"방황은 끝이다."

그는 더 이상 노숙로를 가지 않겠다고 했다. 세상을 의심할 필요도 없고 세상 사람들을 의심할 여지는 더욱 없다는 것이다. 누구한테선가 피해를 봤다고 생각이 들었다고 해서 피해 본 만큼 갚아야 한다는 것도 욕심이다. 지난날 정태는 대학 시절부터 파밭에 대한 꿈을 계획했었다. 아버지는 분명 자기 땅이라 했고 정태한테 물려주겠다고 했다. 정태는 학창 시절, 군대 시절, 사회에 나와 직장생활 할 때까지도 끊임없이 파밭에 대한 환상을 간직했다. 마음은 언제나 파밭에다 세계에서 제일 높은 비즈니스타워를 짓는 거였다. 아버지 또한 목숨이 붙어있는 한 정태가 꼭 지어 주길 바라고 있었다. 하지만 꿈의 설계는 나이가 들어갈수록 아버지가 원하는 것을 충족시키지 못했다. 하지만 정태는 꿈을 실현하겠다는 신념을 한 번도 포기한 적이 없었다. 빌딩을 짓는 데만도 긴 세월이 필요했다. 더구나 우리나라 기술만으로는 지을 수가 없었다. 건축도면은 물론 자재도 외국산을 써야 할 것이다. 계획한 조건이 좁혀질수록 들어가는 돈은 천문학적 숫자였다. 외국자본을 끌어들여 짓는다는 것도 정태로서는 엄두도 낼 수가 없었다. 상가 30층에 들어갈 각 나라의 유명한 브랜드만 하더라도 그 종류는 셀 수 없이 광대했다. 상가를 지어 놓고 분양하는 문제도 심각했다. 단지,

실현하겠다는 꿈으로만 살아온 정태한테는 몽상적인 장애를 가져오는 결과가 되어버렸다. 어느 때인가 막연하게 설계한 빌딩을 실제로 실존하는 진짜 건물이라고 철석같이 믿어버렸다. 실제로 세계적인 빌딩을 가졌다고 생각하고는 마음 졸이며 겁에 질려 살아왔는지도 모른다. 자신과도 아무런 관계가 없는 사람이 돈을 내놓으라고 살인마가 되어 달려들기도 했었다. 빌딩을 폭파하겠다는 유언비어도 들었다.

혼잡스런 도시에서 상상의 세계로 살아야 했다. 하지만 정태는 누구한테도 발설할 수 없는 자기만의 꿈을 버리지 못하고 소중히 간직하며 세월을 기다려왔다. 그러나 그 꿈 자체가 자신도 모르게 찾아온 병적인 망상 장애라는 진단이 내려졌다. 겉으로 보기에는 나타나는 증상은 없었다. 의사의 진단이나 약물처방도 무시해 버렸다. 정태는 등산, 자전거, 헬스를 다니며 몸을 단련시켰다. 그러던 어느 날 자신도 모르게 자꾸만 밖으로 나가게 되었다.

정태는 아버지를 찾아뵙고 사실을 말씀드렸다. 그러나 아버지는 방법을 가르쳐 주면서까지 파밭에 건물을 지어주기를 바랬다. 아버지 노환이 더욱 심해지기 얼마 전 정태는 아버지 땅 2천 평을 확인하러 구청엘 갔다. 2천 평은 아버지 앞으로 확실히 되어있었다. 한문으로 밭 전(田)자가 확실했으나 개인소유는 불가능했다. 밭은 하천부지였고 벌써 정부에서 수용하여 밭 임자들에게 불하금액을 돌려준 상태였다. 경인수로 아라뱃길 공사가 시작되었다. 정태 아버지는 고향에서 올라와 그 파밭으로 정태를 공부시키고 가족을 먹여 살렸다. 부지런하고 시골농사에 비하면 파농사는 힘 안 드는 농사라고 말했다. 정태는 아버지 이름으로 되어있는 파밭을 정부 고시가로 평당 2만 원씩 4천만 원을 정부로부터 찾아가라는 통보를 확인했다. 그는 돈을 찾아 태안 앞바다에 오랫동안 비어있는 초가집과 얼마간에 밭을 사 놓았다. 이제 노숙의 길로 들어가지 않겠다고 결심했다. 정태는 지금까지 살아온 지난날은 모두가 쓸데없는 욕심에서 온 삶이었다고 노숙로에서 깨달았다며 이제 방황은 끝이라고 진심을 털어놓았다. 길여가 우리도 데려가라고 애원했다. 명태도 함께 가겠다고 소리쳤으나 정태는 대답하지 않았다. 명태가 입을 열었다.

"저는 아직 깨달은 것이 없습니다. 나이는 제일 어리지만, 정태 어르신처럼 자기의 길을 찾지 못하고 있습니다. 저에게 가장 문제가 되는 것은 사람들한테 이야길 들려주면 전혀 이해를 못 한다는 게 저로서는 참을 수 없는 고통스러운 일입니다. 언제쯤 되면 저에 이야기가 재미있어 더 해달라는 요청을 받게 되는지 그것도 노숙로에서 터득이 될까요?"

"깨달아야 해! 어떻게든 더 많이 걷고 더 많이 생각하고 그런 다음 결론을 내려야 한다고. 우라늄에 관한 이야기는 맞는 이야기인가?"

정태가 호기심으로 물었다. 명태는 대답하지 않았다.

"이봐, 명태. 우리나라에선 우라늄 광석이 나오질 않아. 땅속에 없다고. 아직 나이가 있으니까 선생님으로 직업을 바꿔보시지. 그 나이에 말이 명예퇴직이지 다니던 회사가 퇴직하길 권유했을 거야. 다시 말하면 명태는 명예퇴직(名譽退職)이 아니라 권고사직(勸告

辭職)이 된 거라니까. 물론 회사가 어렵기 때문에 생기는 일들이지만."

정태 말을 듣고 난 명태는 지금 생각하면 그 말이 맞는 것 같다고 끄덕이면서 우라늄에 대해 말씀드린 부분은 거의가 맞는 말이라고 고집했다. 사람들이 너무도 모르고 있어 초등학교부터 교육을 해야 된다고 강조했다.

간질병은 언제부터 시작했느냐고 길여가 물었다.

"저는 그런 병은 없는데요."

명태가 눈을 동그랗게 뜨며 인상을 썼다.

"어찌 그리 경거망동(輕擧妄動)한 소리를?"

정태가 하는 말에는 뼈가 들어있었다. 자기에게 어떤 병이 있더라도 남이 말해주는 건 자존심을 건드리는 짓이다. 도움이 되지도 않고 도와 줄 수도 없으면서 그냥 말로만 건드려보는 말은 별 의미가 없는 일이다. 그냥 있으면 있는가 보다 넘어가면 되는데 언제부터 병이 시작되었는가를 굳이 물어볼 필요는 없다고 꾸짖었다.

"좀 물어보면 안 돼?"

길여가 화가 나는지 식식거렸다. 정태는 안 된다고 대답했다.

"그것은 마치 길여가 애를 못 낳고 있는 것을 왜 못 낳지 하고 물어본다면 길여는 기분이 좋겠는가. 못 갖는 것도 억울한데 왜 못 낳느냐고 물어볼 필요는 없다고 생각하네."

정태가 다그쳐 반박했다. 정태 말은 자존심 건드리는 말은 할 필요가 없다는 것이다. 상대방을 자세히 파고들어 알아보려는 자체가 나쁘다고 했다. 그런 사람이 상대를 우습게 보거나 얕잡아보는 경향이 있다며 그것은 결코 좋은 생각이 아니라고 길여를 공격했다. 명태가 또다시 화를 내며 대들었다. 길여는 살아가며 주제 파악을 너무 안 한다는 이야기다. 자기 자신은 너무 많은 결함을 갖고 있으면서 남에 결함을 조금이라도 알게 되면 굉장한 거나 발견한 듯 조롱하며 뒤돌아서 폄훼(貶毁)하는 습관이 은연중 있다며 간질이 있으면 있는 거지 길여하고 무슨 상관이냐고 따져 물었다. 화가 난 길여가 너희들이 남자라고 한편이 돼서 덤비는 거냐고 소리질렀다. 길여가 공격을 계속했다. 남자라는 인간들은 알 수 없는 존재라고 말했다. 평상시에도 여자만 보면 환장하는 개만도 못한 족속이라고 거품을 일으키자 정태가 공격했다. 그것은 환장이라고 말하지 말고 자연현상에서 오는 인간의 본능이라고 말했다. 자연현상이란 사계절이 바뀌는 것을 말하고 배가 고프면 밥을 먹어야 하는 것은 인간의 본능이라고 말했다. 인간이라면 누구나 밥을 먹지 않으면 살 수가 없다. 맛있는 것, 냄새가 좋고 보기에도 좋은 음식을 가려가며 배불리 골라 먹는다. 그러나 먹지 않으면 종족 본능이 생각이 없어진다. 곡기를 끊으면 인간은 죽기 때문이다. 지구상에 있는 모든 동식물들은 숨을 쉬고 있는 한 자신에 종족을 보존하고 싶어 한다. 인간 뱃속의 회충까지도 알을 낳고 싶으면 암수가 한 몸에 들어있어서 교접을 한다. 흙 속의 지렁이도 마찬가지다. 정태 말이 끝나기도 전에 길여가 말을 잘랐다.

"인간들은 왜 시도 때도 없이 지랄들이야?"

길여가 발악을 치며 소리 질렀다. 뒤질세라 정태가 반격했다.

"그것은 일찍부터 교육이 불충분한 부분도 있지 예를 들어 아주

어렸을 적부터 손발이 붙어있는 사람에 해골바가지를 인형으로 만들어 교육을 시켰다면 자라서도 그 학습도구를 보고 무서워하지도 않고 아무렇지도 않게 여겼을 거야. 보지도 못하고 교육을 못 받은 우리 세대는 갑자기 해골을 내보이면 두렵고 섬뜩함을 느끼지. 그것을 보는 선입견 자체가 생소하고 친숙해 있지 않다는 증거라고 다시 말해 인간에 종족보존 방법도 어려서부터 세밀하게 학술적으로 교육을 받아 왔다면 성장해 가면서 별거 아니라는 선입견으로 종족보존 관계를 미리 알고 이해가 빨랐을 텐데. 종족보존 자체를 알 수 없게 싸고 또 싸고 출산과정도 알 수도 없게 신비 속에 싸인 것인 양 우리 세대는 교육을 받지 못했다. 지금의 교육은 전과는 많이 다르겠지만."

정태가 말을 마치자 어릴 적 교육이 중요하다고 명태도 합류했다. 교육은 자연의 순리대로 살아가는 방법을 가르치고 어려서부터 습관 들이는 게 중요하다고 정태가 말했다. 길여는 정태를 노려보다 명태한테로 눈이 갔다.

"그런 너는 왜 우랴늄 박사가 못 되었냐?"

독이 든 길여의 시선이 명태한테로 날아갔다. 명태가 반격했다. 자기는 박사를 따기 위해 유학을 다녀왔었다. 지독하게 노력하는 공부 벌레였다고 명태는 어려서부터 공부, 공부, 또 공부하라는 말씀뿐이었고 부모한테 물려받은 가훈이 마부작침(磨斧作針)하라이고 열심히 노력해서 우라늄 박사를 따왔다고 대답했다. 더 이상은 묻지 말라고 정태가 길여를 나무랐다.

서슬이 시퍼런 길여가 똑똑한 체 그만하고 메아리 이야기 좀 하자고 소리쳤다.

"있는 거요, 없는 거요?"

"도시의 노숙로엔 메아리가 없어, 살 수도 없고 메아리를 들으려면 이곳을 떠나야 된다고."

"맞는 말이야. 메아리가 살 수 있게 다른 곳으로 옮겨줘야 한다니까."

"거기가 어딘데?"

"사람이 많이 사는 빌딩 숲이 아냐."

"그럼?"

"산이 있고 나무 우거진 숲 속으로 가야 해. 도시에서는 있을수록 미쳤다는 소리만 듣게 돼."

"나도 알아. 그 소리에 진저리가 난다고."

"맞아. 지금 우리가 걷고 있는 거리엔 메아리는 없어. 각자의 마음속에서 듣고 있을 뿐이라고."

"그래. 마음속으로 돌아온 메아리를 밖으로 끄집어내야 해. 우리 길에서 같이 살아야 한다고."

그들은 하나같이 그들만의 길이 있기를 원하고 있다. 함께할 메아리가 사는 곳을 가고 싶어 한다. 떠나야지 하면서도 떠나지 못하고, 찌든 냄새와 탁한 공기로 가득 찬 도시의 소음 골목을 방황하면서 지친 몸을 이끌고 몸부림친다.

미쳤다고 욕하는 도시를 떠나고 싶어 한다. 그들이 머무를 곳은 정녕 없는 것인가. 허기를 안은 채 누군가가 토해낸 해장국을 마셔가며 살아가는 그들은 도시에 싫증을 느꼈다. 길여와 명태는 정태를 따라 해변으로 가고 싶어 한다. 정태는 승낙하지 않는다. 자유분방(自由奔放)하게 살아온 그들끼리는 서로를 좋아하지 않는다. 그들은 질서와 공동의식을 버린 지 오래다. 환경이 맞지 않으면 뒤도 안 보고 도망을 친다. 그것을 아는 정태는 함께 가는 것을 허락하지 않는다. 노숙인들은 날이 밝으면 그들끼리 고집하는 노숙로에서 있지도 않은 메아리를 찾으며 떠날 것이다.

동이 틀 무렵 집주인이 돌아왔다. 집을 비워두고 간 사이 틀림없이 그들 셋이 자고 있을 거라고 생각했다. 그들이 떠나기 전에 꼭 만나야 한다. 노숙로(露宿路)가 있는지 어디로 어떻게 가는가 길을 물어야 했다. 대문은 잠겨있었다. 담을 넘어 현관문을 열었으나 똑같이 잠겨 있었다. 마당에는 아무도 왔다 간 흔적이라곤 찾아볼 수 없었다. 김 노인은 3년 전에 이 집을 사서 혼자 살았다. 어느 날 사위가 데리러 왔다. 딸이 분만했다는 소식에 반가워 대문을 잠그고 손주를 보러 갔다. 딸과 사위가 못 가게 잡는 바람에 하루, 이틀, 한 달, 두 달 보낸 것이 1년 만에 집으로 돌아왔다.

마음은 항시 집에 가 있었다. 김 노인은 자기 집에 다른 사람들이 들락거린다고 생각을 했다. 집으로 올 때는 대문이나 현관문이 잠겨 있을 거라고는 상상하지 못했다. 김 노인은 노숙자(露宿者)들이 자고 가는 상상을 현실로 착각하고는 그들이 떠난다고 생각이 들자 만나 보려고 집으로 왔다. 집은 잠겨있고 열쇠는 딸네 집에 두고 왔다. 어서 가서 열쇠를 가져와야겠다고 결심을 했다. 저 멀리 하늘에는 기러기 세 마리가 어디론가 바쁘게 날아가고 있었다. 한 놈은 짝이 있고 또 한 놈은 짝을 잃어버렸는지 외롭게 혼자 따

라가고 있었다. 김 노인은 그들에 이름을 불러가며 기러기가 사라
질 때까지 눈을 뗄 줄 몰랐다.